À PROPOS DE L'AUTRICE

Mérida Reinhart vit en Nouvelle-Aquitaine dans un écrin de verdure, entourée de son conjoint, de ses deux chiens, d'une montagne de livres et d'une théière bien garnie. Elle aime exprimer la magie du monde et de l'amour dans ses textes qui sont avant tout pour elle des vecteurs d'espoir. Lorsqu'elle ne lit pas ou n'écrit pas, elle pâtisse avec plaisir et sera toujours prête à vous offrir une bonne tasse de thé.

Envoûtante séduction

Collection : VICTORIA

HARPERCOLLINS FRANCE
83-85, boulevard Vincent-Auriol, 75646 PARIS CEDEX 13
Service Lectrices — Tél. : 01 45 82 47 47 - www.harlequin.fr
ISBN 978-2-2804-7569-3 — ISSN 2493-013X

Composé et édité par HarperCollins France.
Imprimé en mai 2023 par CPI Black Print (Barcelone)
en utilisant 100% d'électricité renouvelable.
Dépôt légal : juin 2023.

FSC
www.fsc.org
MIXTE
Papier issu de sources responsables
FSC® C159065

Pour limiter l'empreinte environnementale de ses livres, HarperCollins France s'engage à n'utiliser que du papier fabriqué à partir de bois provenant de forêts gérées durablement et de manière responsable.

Prologue

Haddon Hall, Bakewell, Derbyshire, 1808

Trevor sentit ses mains trembler d'une froide colère. Il dévisagea son père avec hargne. Le visage de ce dernier était complètement fermé. N'eût été la légère pulsation au creux de sa tempe droite, Trevor aurait parié que cet air austère et décidé était celui que son géniteur aurait affiché en n'importe quelles circonstances. Les compliments comme les insultes paraissaient glisser sur Lord Edward Manners aussi facilement que l'eau sur les plumes d'un canard. L'image de cet humble animal, à défaut d'un cygne, aurait pu amuser Trevor si la situation n'avait pas été aussi sérieuse. Trop pour qu'il résiste à la tentation de retenir le maître des lieux malgré ce qu'il savait sur lui.

— Vous ignorez ce que vous me demandez là ! Je l'aime ! tempêta Trevor une fois de plus.

Le regard acier de son père se braqua sur lui. Ses

yeux, d'un bleu profond et dur, ne laissaient aucune place à la fourberie ou à la dissimulation. Sous cette prunelle inquisitrice, Trevor savait ne rien pouvoir masquer de son ressentiment ni de la fougue qui, du haut de ses dix-huit ans, l'habitaient totalement.

— Vous en aimerez une autre, mieux dotée. Plus à même de convenir à votre rang et à ce que nous attendons de vous, répondit-il d'une voix tranchante.

— Jamais ! se braqua Trevor.

Ses sourcils se froncèrent, sa bouche se tordit en un pli amer, marquant toute la détermination qu'il aurait à tenir cette promesse. Il s'attendait à ce que son père le sermonne, à ce que la surface de ce lac gelé qui lui servait de figure finisse par se craqueler. Mais, au lieu de cela, ce fut un simple soupir qui franchit ses lèvres, surmontées d'une moustache déjà un peu blanchie par la quarantaine. Un bref instant, il détourna les yeux loin de son fils, comme si ce qu'il allait dire était honteux. Son timbre fléchit légèrement, au point que Trevor se demanda si c'était bien à lui que son père s'adressait :

— Vous êtes bien jeune… croyez-moi, l'amour n'est en rien tel que vous vous le figurez.

Puis, aussi soudainement que ce moment était survenu, il s'évanouit, comme s'il n'avait jamais existé. La lourde canne ouvragée de Lord Manners frappa plusieurs fois le parquet ciré, produisant un choc sourd qui sonna comme une sentence aux oreilles de Trevor.

— Abigaïl Manchester n'est pas pour vous, et vous n'aurez pas mon consentement, ainsi que je le lui ai déjà fait savoir. Oubliez-la !

Trevor se sentit défaillir à ces paroles. Il écarquilla les yeux, faisant ressortir leur nuance d'un bleu plus pâle que ceux de son père. Il recula comme si on l'avait frappé. Ses belles boucles, d'un miel ambré, se collèrent à son front, brusquement moite d'angoisse :

— Qu'avez-vous fait ? souffla-t-il.

Lord Manners haussa les épaules avec un reniflement de dédain.

— Ce qui devait être fait, pour vous deux. Cela m'a coûté affreusement cher, je vous prie de le croire, surtout pour subir toutes ces simagrées. Je suppose que j'aurais dû m'y attendre… vous êtes un sentimental, comme votre mère !

— C'est une chose que l'on ne peut assurément pas dire de vous ! rétorqua Trevor.

— Je sais où est ma place. Tout comme Mlle Manchester désormais, qui s'en tiendra à ce que sa famille lui dictera. Tout comme *vous* aurez l'obligeance de le faire, mon fils !

Ce fut à peine si Trevor entendit la fin de sa phrase. Il se rua hors du bureau de son père, qui ne prit pas la peine de le retenir. Trevor savait pertinemment que ce dernier n'était pas inquiet pour lui. Il s'attendait simplement à ce qu'il aille faire ses adieux. Ou qu'il parte pleurer et se soûler jusqu'à en oublier son nom – ce que personne d'autre que lui ne ferait, du reste. Voilà qui étouffait dans l'œuf toute tentative de fugue amoureuse : Trevor n'aurait pas pu faire un pas dans le Derbyshire sans qu'on ne lui adresse les politesses dues à sa position. Il en avait parfaitement conscience, et cela l'enrageait d'autant plus.

Un cri de protestation retentit dans le couloir tandis que Trevor empêchait son frère de le suivre et se ruait aux écuries. Il ignorait alors que, peu importe le cheval qu'il sellerait, ou la vitesse à laquelle il chevaucherait, le mal était déjà fait.

Chapitre 1

Un homme impitoyable

Londres, novembre 1820

Trevor laissa nonchalamment retomber sa tête sur le côté. Les yeux mi-clos, il regardait l'individu en face de lui, en train de s'escrimer à lui décrire une situation horrifique avec force adjectifs et hyperboles surannées. Il appuya sa joue contre son poing, mimant une attitude pensive. La redingote usée que portait l'homme ainsi que son gilet d'une couleur dépassée en disaient assez long sur l'état de ses finances. Trevor s'agita sur son fauteuil et déplia finalement ses longues jambes. Le mouvement perturba son interlocuteur qui s'embrouilla et recommença plusieurs fois sa phrase. Trevor se retint de justesse de lever les yeux au ciel. Il se pencha en avant, les coudes sur les genoux, déployant une partie de son corps trop mince pour sa haute taille.

— Monsieur Dewitt, il est inutile de me peindre par le menu tout cela. En vérité, la question est simple : pouvez-vous, oui ou non, régler votre dette ?

Le petit homme déglutit et passa une main leste sur son front dégarni.

— Non, monsieur Manners…, avoua-t-il.

— Ashmore, le reprit machinalement Trevor.

L'autre le regarda de travers, faisant tourner son chapeau entre ses doigts gourds.

— Je vous demande pardon ? osa-t-il demander dans un couinement ridicule.

— Ashmore-Manners, si vous y tenez. C'est là mon nom complet. Jamais Manners. En aucun cas.

— Oh ! Bien sûr ! Toutes mes excuses, j'ignorais que…

Mais Trevor ne prit pas la peine de l'écouter. La pendule venait de sonner 21 heures et il était attendu par une bien meilleure compagnie. Il se leva, épousseta son gilet d'un bleu céruléen, se mariant à merveille avec ses yeux, et sonna son majordome. S'il n'y prenait pas garde, il serait en retard.

— Vous étiez autrefois un homme de parole, monsieur Dewitt. Quant à moi, j'en suis toujours un. Les termes de notre accord étaient clairs : un prêt de six mille livres, avec un intérêt de quinze pour cent, à me rembourser dans l'année. Faute de quoi, votre pur-sang m'appartenait. Il semble donc que je doive faire une place nouvelle dans mes écuries.

Les yeux de Trevor heurtèrent ceux de M. Dewitt,

qui s'épongeait encore le front. Comme il ne répondait rien, Trevor le malmena encore un peu.

— Ou bien ai-je tort ?

— Non, monsieur Ma… Ashmore, se reprit Dewitt lorsque Trevor ouvrit grands les yeux en signe d'avertissement. Mais si vous consentiez à rallonger le délai, je…

— C'est hors de question. Contrairement à vous, je tiens à conserver ma réputation intacte.

— La réputation du démon des Manners…, s'indigna Dewitt.

Il grimaça en prononçant ces mots, ce qui fit sourire étrangement Trevor. Ses lèvres fines s'étirèrent en une petite moue cruelle et un éclat dangereux dansa dans ses iris clairs. M. Dewitt eut la sagesse de ne rien ajouter, même si les pensées qu'il nourrissait à l'égard de son hôte étaient on ne peut plus claires. En matière de réputation, celle de Trevor n'était plus à faire. On le savait implacable en affaires et excellent gestionnaire. Le fait était qu'il avait souvent le nez creux pour dénicher les bonnes affaires. Ou ce qu'il considérait comme tel. Il était parfaitement au courant de ce surnom et s'en gargarisait doublement : le démon des uns n'était pas celui des autres. Avec un ricanement, Trevor saisit son propre chapeau et congédia M. Dewitt comme on aurait chassé une vulgaire mouche.

Le démon des Manners, oui. Un être à deux visages, bien qu'ils soient tous deux consacrés aux plaisirs : de la chair, et de l'or. C'était ainsi qu'on le peignait, qu'on le craignait et qu'on l'adorait de façon presque impie.

Le majordome succéda à cet invité désormais indésirable, et fit glisser une nouvelle redingote noire sur le corps de Trevor avec une précision impeccable. Le domestique vérifia rapidement que la cravate blanche était correctement nouée et le col bien amidonné.

— Chambers ? Veuillez dire à maître Simons que l'affaire avec M. Dewitt est réglée. Qu'on passe prendre l'animal dès demain.

— Bien, monsieur. Où dois-je l'envoyer ? s'enquit le majordome.

Aussi grand que Trevor, Chambers était cependant nettement plus enrobé que son maître, ce qui n'était en fait pas très difficile. Il souffrait d'une claudication et d'une mauvaise vue, qui n'entravaient en rien sa tâche et le rendaient cher au cœur de Trevor, car celui-ci voyait toute la dignité que Chambers mettait à accomplir son devoir. Trevor se reconnaissait dans ce besoin d'autonomie et d'indépendance. Il affichait tout aussi fièrement que son majordome ses cicatrices, et ce qui faisait fuir les autres ne faisait qu'alimenter sa sympathie. De fait, il savait Chambers être un homme fiable. Où que Trevor se rende, ce dernier le précédait ou le suivait. Chambers était le premier domestique qu'il avait engagé, et le seul qu'il conserverait jusqu'à sa mort, il en était certain.

Tous les autres n'étaient qu'un ballet de profiteurs et d'espions au service de son père. Mais Chambers était de la même trempe que lui, et Trevor savait, rien qu'à l'inclinaison de la nuque du majordome, qu'il approuvait totalement ce qui venait de se passer.

— Il me semble que Carmina en rêvait. Cela sera mon cadeau d'adieu !

— Ce sera fait, monsieur, avec vos compliments et vos meilleures pensées pour la suite de sa tournée, lui assura Chambers en repassant un petit coup de brosse sur la redingote. Du courrier est arrivé pour monsieur.

— À cette heure-ci ? s'étonna Trevor. Est-ce un express ?

— Nullement, monsieur.

— Dans ce cas, cela va attendre. Déposez-le à l'endroit habituel et remportez ce plateau, voulez-vous.

Le majordome vérifia le plateau sur lequel reposait le repas de son maître. Comme d'habitude, il n'avait pratiquement touché à rien. Quelques grains de raisin, un morceau de pain et de poulet. Même pas la ration d'un enfant. Ignorant le regard de reproche de Chambers, Trevor se retourna une dernière fois, pour vérifier son allure. Ces escarpins en cuir noir lui avaient coûté cher, mais il s'en félicitait : ils flattaient son mollet avantageusement pris dans des bas blancs. Tout comme la coupe de sa culotte, du même noir charbon que le reste, semblait l'étoffer quelque peu. Satisfait, il tapota l'épaule de son majordome et gagna le hall, tapissé de tableaux en tous genres. Tous ceux qui lui plaisaient finissaient sur ce mur. Bien entendu, personne n'y voyait son admiration pour l'art, uniquement son désir d'impressionner ses visiteurs. Comme pour tout le reste, il jouait le jeu.

Il descendit le perron d'un pas leste, non sans resserrer son vêtement contre son corps. Le froid commençait à s'emparer de la ville et, alors qu'un nuage de buée s'échappait de sa bouche, Trevor fut soulagé de monter dans le cabriolet qui l'attendait. Tandis que les rues de Londres défilaient sous ses yeux, il sourit en songeant à la surprise de sa maîtresse ainsi qu'à sa déception en voyant leur liaison déjà terminée. C'était néanmoins nécessaire : il sentait qu'elle s'attachait à lui, et il n'avait nulle envie de s'encombrer. Du plaisir et la gloire. Voilà ce qu'il lui avait promis et, une fois de plus, il avait tenu sa parole. L'air outré de Dewitt lui revint en mémoire. Le même sourire désabusé qu'auparavant joua sur les lèvres de Trevor. Il avait beau avoir l'une des pires réputations de la capitale, on se pressait toujours davantage auprès de lui. N'était-il pas le fils d'une riche famille, prochainement lord ? N'était-il pas parfaitement éduqué ? N'accordait-il pas son aide à ceux qui en avaient besoin ? Les désespérés de toutes les vieilles familles grattaient à sa porte à toute heure du jour et de la nuit, et il ne les repoussait jamais. Il était simple pour lui de tirer quelques ficelles et de transformer un drame en apothéose afin d'en tirer parti. Tout comme il collectionnait les jetons aux cartes et transformait les Belles de nuit en héroïnes de spectacles.

Aucune fille perdue ne le restait longtemps sous sa coupe. Celles qui partageaient ses draps se voyaient propulsées au rang de coqueluche du tout-Londres, qui faisait semblant de s'offusquer de telles pratiques, pourtant largement répandues, et applaudies par-derrière. À tout juste trente ans, la réputation de coureur de jupons de Trevor était aussi solide que son mépris pour toutes ces courbettes qu'on lui adressait sans cesse dans l'espoir, vain, de gagner un fragment de sa puissance ou de son intérêt.

Lorsque la voiture s'arrêta, Trevor en descendit avec son élégance habituelle. Les bals privés de la comtesse Victoria Wellington étaient toujours le meilleur endroit où s'encanailler, et il ne comptait pas faire exception ce soir. Ce secret de polichinelle durait depuis des années. Trevor ajusta sa cravate par réflexe et avisa un groupe de jeunes gens qui se pressaient pour entrer. Les demoiselles étaient en blanc et avaient noué de multiples lacets dorés dans leurs cheveux, autour de leur taille et de leurs poignets ; les messieurs avaient drapé sur leurs épaules des toges à la manière antique. C'était le thème de la soirée. Trevor les laissa passer, amusé par l'excitation qui les animait. Tout cela n'avait rien de nouveau pour lui. Cependant, il savoura le frémissement de la salle lorsqu'on l'annonça.

— Monsieur Ashmore-Manners, quel plaisir de vous voir ! Nous n'espérions plus votre venue ! s'enthousiasma la comtesse, fendant la foule dense qui occupait tout le vaste salon.

Derrière elle, les tables étaient chargées de sorbets appétissants. Sans plus de manières, Trevor lui rendit son salut et glissa la petite main gantée de son hôtesse au creux de son coude pour la guider vers un espace plus dégagé.

— Tout le plaisir est pour moi, comtesse. Et comme toujours, votre réception va dépasser mes espérances, j'en suis certain.

D'un geste taquin, la comtesse lui envoya un petit coup d'éventail sur l'épaule. Sa robe d'un blanc vaporeux dévoilait un cou gracile et des bras délicieusement potelés, alourdis par des bracelets de perles. Sa chevelure blonde, striée d'un argent discret, était savamment nouée de plusieurs rubans et agrémentée de plumes immenses. Elle était la seule à en porter et Trevor la connaissait trop bien pour penser qu'il s'agissait d'une erreur. Antiquité ou pas, elle restait la dame des lieux et tenait à le faire savoir. Seules les fines rides autour de sa bouche trahissaient à la fois son âge et le fait qu'elle riait beaucoup. Trevor ne se souvenait pas d'une seule fois où Victoria Wellington, qui était de quinze ans son aînée, n'avait pas joué de son humour et de son charme auprès de ses invités. Elle rendait tout facile et agréable. Elle se riait des tabous de la bonne société et on l'adorait pour cela.

Tout comme lui, elle était avide de cancans, non pas pour se divertir, mais pour savoir précisément quelle corde nouer autour du cou de qui. C'était ce qui lui avait permis de tirer son épingle du jeu alors qu'elle n'était, des années auparavant, qu'une petite provinciale catapultée par un mariage avantageux – et résolument malheureux – au milieu des requins londoniens.

Quand Trevor était arrivé à Londres, douze ans plus tôt, et qu'il s'était résolu à ne plus retourner dans le Derbyshire, elle avait été un guide et une conseillère avisée ; une maîtresse occasionnelle qui lui avait appris un nombre incalculable de choses sur le plaisir. Aujourd'hui, elle était une amie zélée. Elle marqua un arrêt devant les collations, qu'il dédaigna, et il la laissa lui faire admirer ses nouvelles tentures et vases romains qui donnaient un ton tout à fait authentique à l'assemblée qui se pressait sur les pistes de danse. Certains avaient même accroché des grappes de raisin sur leurs épaules, ce que le gentleman jugea parfaitement grotesque.

La comtesse se pencha vers son oreille, mutine :

— Je suis sûre que vous connaissez le proverbe, mon cher : à Rome, faisons comme les Romains. J'ai donc fait venir une petite chanteuse, à la voix de rossignol, pour nous interpréter quelques arias. Je suis certaine qu'elle vous plaira, après Carmina !

Trevor sourit, amusé malgré lui par sa perspicacité.

— Comme toujours, comtesse, vous devancez

mes désirs. Et mes paroles. Comment diable avez-vous appris que je me séparais de Carmina ? Cela date d'il y a quinze minutes, tout au plus.

— Ah ! Je vous connais, mon garçon. Celle-ci vous regardait avec bien trop d'insistance pour que vous la laissiez faire.

— C'est exact. Je n'ai pas l'heur de me préoccuper de telles choses.

Un pli soucieux apparut sur le front de la comtesse et elle retint un instant Trevor par le bras. Il la regarda, attentif, mais elle parut hésiter. Le doute qu'il lut dans son regard noisette le surprit. Victoria n'atermoyait jamais. En tout cas, pas depuis son veuvage, qui avait été pour elle le meilleur cadeau que son mari lui eut fait. Cela, et une donation de plusieurs milliers de livres. Il fallait au moins rendre justice à feu le comte Wellington : s'il n'avait éprouvé aucun amour pour elle, au moins avait-il eu le souci de sa femme à l'approche de son trépas. Doucement, la comtesse porta son éventail à son visage, l'appuyant contre sa peau tandis qu'elle réfléchissait. Le petit objet se courba délicatement sous la pression qu'elle exerçait machinalement.

— Avez-vous un problème, comtesse ? demanda Trevor, perturbé.

Celle-ci ouvrit brièvement la bouche, puis la referma, avant de secouer la tête.

— Aucun. Mais, en revanche, j'aurais un conseil. N'en prenez point ombrage, voyez-le comme une lubie de celle qui pourrait être votre vieille tante décatie…

— Vous ne serez jamais vieille et décatie, ma chère ! Pas même dans l'autre monde, j'en suis certain ! répliqua Trevor.

Victoria sourit et s'accrocha à son bras de ses deux mains. L'éventail heurta la poitrine de Trevor, comme si la comtesse avait voulu frapper à son cœur pour y glisser les mots qui franchirent prudemment ses lèvres :

— Personne, pas même vous, ne peut rester seul indéfiniment… Vous avez trente ans, Trevor. Et je ne suis pas éternelle. Qui sera votre amie, alors ?

Trevor baissa sur elle un regard scrutateur. Victoria avait l'air fraîche comme une rose. Ses yeux étaient vifs. Trevor fut rassuré de ne déceler aucune trace d'une quelconque affliction. La comtesse ne détourna pas le regard, mais son sourire s'accentua et se changea en une petite grimace qui fit se froncer son nez délicat.

— On ne me donne pas à mourir demain, rassurez-vous. En attendant, vous êtes libre, bien sûr, de continuer à jouer, boire et vous amuser jusqu'à ce que Londres n'en puisse plus ! Mais rangez mes paroles dans un coin de votre charmante tête, voulez-vous ?

Trevor ricana et tapota gentiment sa main, ravi de revenir à une conversation outrancière et parfaitement dans ses cordes.

— Je m'emploierai aux trois, lui assura-t-il.

— Aussi sûrement que vous continuerez à vous sous-alimenter, et à mettre sur la paille les coureurs de dot et les débauchés sans scrupule.

Trevor se figea. Il haussa les sourcils, soudain inquiet d'une telle déclaration. Il sentit son pouls s'accélérer et ses lèvres se pincèrent, se transformant en une fine ligne blanche.

— Comtesse, j'ignore totalement de quoi vous parlez, rétorqua-t-il avec raideur.

Victoria Wellington n'eut guère le loisir de répondre : une horde d'admirateurs se pressaient déjà devant Trevor, réclamant son attention. Tandis qu'il s'éloignait en leur compagnie, se dirigeant doucement vers l'estrade où l'attendait certainement sa prochaine conquête, la comtesse saisit un verre au vol sur un plateau et l'avala cul sec. Ses yeux tendres suivirent la courbure du dos de Trevor. Elle identifia immédiatement la raideur de son port de tête, reconnut les fausses notes dans son rire forcé. Et pourtant, comme il jouait bien avec ces imbéciles qui n'y voyaient que du feu. Mais elle, qui lui était si semblable, il ne pouvait guère la berner. Elle ne se faisait guère d'illusion quant au sort de M. Dewitt, pas plus que pour la dizaine d'autres escrocs qui avaient accouru, ventre à terre, pour se mettre dans les bonnes grâces de Trevor. Chacun d'entre eux était coupable, et il les faisait payer. Très cher. Avec une acuité troublante, elle se revit, le soir de ses noces, au bord du lit de l'époux qui lui avait été imposé.

Auquel elle avait pratiquement été vendue. Comme elle aurait aimé, alors, que quelqu'un comme Trevor lui rende justice. Amère, elle reposa son verre avec force et rejoignit l'arène, prête à participer à ce spectacle absurde d'ego batailleurs.

Bientôt, les murmures habituels s'élevèrent dans le sillage de Trevor Ashmore-Manners. Ils étaient emplis de crainte et d'admiration mâtinée de jalousie. Ils étaient tous faux et trompeurs. Ici l'on parlait de pouvoir ; là de fortune. Partout de vices et de chance. Après tout, il était le futur lord qui aurait tout et dont la voie compterait à l'Assemblée. Il était l'héritier de Haddon Hall. Il était cet homme avisé qui avait su forger sa propre fortune au gré de paris et de prêts que d'aucuns auraient jugés hasardeux. Un bon parti, si l'on fermait les yeux sur son goût étrange pour les petites danseuses et chanteuses de cabaret – ce que de l'avis général une femme serait avisée de faire si elle voulait s'assurer une existence confortable et sans trop d'obligations conjugales. Seulement voilà, de femme, il n'y en avait pas. Trevor Ashmore-Manners était aussi un gentleman ombrageux qui ne tolérait pas le bonheur.

Chapitre 2

Un retour forcé

Lorsque Trevor émergea ce matin-là, il remercia le ciel de trouver le verre d'eau que Chambers avait monté à son intention, la veille. Dire qu'il était assoiffé était un euphémisme. Il vida le verre d'un trait et se laissa retomber sur son oreiller, le laissant glisser d'entre ses doigts. Son regard erra un instant sur le plafond blanc, à la recherche des souvenirs de la soirée. Quand il porta une main à son front, repoussant quelques mèches rebelles, Trevor aperçut un ruban de satin rose noué autour de son poignet. Ah, oui. La chanteuse. La comtesse Wellington avait toujours un bon œil, la demoiselle était ravissante et très douée, tout à fait vive et… bien disposée à son endroit. Ou plutôt à celui de sa bourse et de son titre. Comme toutes les autres. Trevor laissa retomber lourdement son bras sur le matelas avec un grognement. C'était le prix à payer, il le savait bien. Et cela ne faisait pas de ces filles des croqueuses de diamants invétérées, seulement de pauvres âmes prêtes à tout pour s'extirper du trou social où on les avait poussées. Pourtant, il défit le ruban avec agacement et le laissa choir sur l'épais tapis persan qui recouvrait le parquet en chevron. La phrase de la comtesse n'avait cessé de résonner dans son esprit, lui gâchant son plaisir. Il se redressa péniblement et jeta un coup d'œil circulaire à sa chambre. Un nouveau plateau avait remplacé l'ancien, chargé cette fois d'œufs brouillés. L'odeur lui retourna l'estomac et il se dépêcha de s'écarter.

Sa manie de tout laisser sur place commençait à devenir gênante. Les domestiques avaient interdiction de toucher à ses affaires, mis à part Chambers pour ses vêtements. Des livres étaient écartelés par terre ou disséminés dans la pièce, au milieu de journaux froissés et de courriers plus ou moins ouverts. Une bouteille de brandy à moitié pleine traînait près d'une balle de croquet – quand diable avait-il joué au croquet ?

Trevor ferma un œil, et se gratta la tête, cherchant dans les rais de lumière qui passaient à travers les rideaux de velours rouges un semblant de sens à tout cela. Son regard brumeux fut attiré par l'éclat du petit plateau d'argent sur son secrétaire. Autant commencer par là. Accompagné d'une série de craquements de protestation de la part de ses vertèbres, Trevor se leva et marcha jusqu'au meuble.

Il s'étira, puis saisit l'enveloppe. Il plissa les yeux pour déchiffrer l'écriture qui avait bavé. Elle ne lui était pas familière, ce qui attisa immédiatement sa méfiance. Inclinant légèrement le papier, il ne vit aucun sceau marquant la cire. Le dos de la missive, en revanche, lui donna des suées. L'écriture était plus nette, soit que l'expéditeur se soit davantage appliqué, soit que le courrier n'ait pas subi d'avarie de ce côté-ci.

Bakewell, Derbyshire

Sans attendre, Trevor attrapa le coupe-papier qui était planté dans un bouchon de liège, et fit sauter le cachet. Le feuillet se déplia comme une fleur entre ses longs doigts. Il ne contenait que quelques lignes, qu'il dut pourtant relire plusieurs fois avant d'être certain de les comprendre. Il recula jusqu'à son lit et s'y assit. Le matelas ploya sous son poids, puis se mit à vibrer tandis qu'un son incongru s'échappait de ses lèvres. Il porta une main à sa bouche, plaquant ses doigts dessus pour la museler, mais bientôt tout son corps se mit à trembler. Le bruit augmenta, fusant dans toute la chambre, alors qu'il basculait sur les draps chiffonnés. Ses membres s'agitaient sans qu'il puisse ou veuille les contrôler. Et un rire, rauque, sans joie, bassement satisfait, égratigna ses propres oreilles tandis qu'il fusait entre ses doigts, toujours crispés sur sa peau. Des larmes embuèrent ses yeux pendant que les saccades de rire semblaient lui écorcher la gorge. Si les domestiques entendaient cela, ils allaient penser qu'il était fou. Qu'à cela ne tienne, pour lui c'était Noël en avance, et qui plus est, dans l'heure, il ne serait plus leur employeur. Trevor réalisa alors qu'il tenait toujours la lettre dans son poing droit. Il se releva, s'enroula à la va-vite dans sa robe de chambre chamois et, balayant sa chevelure en arrière pour y mettre un semblant d'ordre, quitta sa chambre sans sonner personne. Il sentait sa peau comme chauffée par le rire qui l'avait habité tout entier et qui laissait l'ombre d'un sourire, et une étincelle de folie, dans ses prunelles azur. Ses pieds claquèrent violemment sur les marches en bois. Une petite bonne le regarda passer, éberluée, avant de se souvenir qu'elle devait être invisible et de se précipiter aux cuisines. Chambers en sortit quelques minutes plus tard.

Avec un plaisir inouï, Trevor se plaça au milieu du salon et parla de sa plus grosse, et intelligible, voix :

— Chambers, il est temps de faire nos bagages. Nous rentrons dans le Derbyshire, le vieux est mort !

Des murmures emplirent la pièce. Trevor pivota sur lui-même, observant sa maisonnée. Une partie des domestiques se signa aussitôt. L'autre resta coite, incertaine. Trevor les ignora.

— Cela fait de moi l'héritier de la maison Ashmore-Manners. Par conséquent, je vous annonce que vous êtes tous licenciés.

Cette fois, des éclats de voix s'élevèrent, de surprise,

de protestation, de stupeur. Trevor leva les mains, la lettre toujours entre ses doigts, et les abaissa plusieurs fois vers le sol, pour leur intimer le calme.

— Avec des lettres de recommandation, cela va sans dire. Néanmoins, vos services ici ne seront plus requis, et je ne compte payer personne à ne rien faire. Chambers ! appela Trevor en remontant l'escalier.

Sans un regard en arrière, le majordome le suivit. Trevor ne perdit pas une minute pour lui faire plier bagage, dresser l'inventaire des gages des domestiques et signer autant de lettres que possible. L'affaire leur prit des heures, mais Trevor ne les vit guère s'écouler. Il avait parfaitement conscience de l'affolement qui régnait au rez-de-chaussée : le personnel s'affairait comme des abeilles dans une ruche. Il n'eut pas la mesquinerie de louer leurs talents d'espionnage ou la servilité de ses gens de maison dans ses lettres, mais ce fut tout juste.

— Monsieur souhaite-t-il que je sorte son manteau noir ? demanda poliment Chambers.

Trevor se tourna vers lui, les yeux grands ouverts.

— Je préférerais le rouge. N'ayons pas la bassesse de porter un deuil qui nous réjouit.

Le majordome se contenta d'opiner. La joie de son maître ne le surprenait guère. La rancune qu'il nourrissait pour son père était tenace, et sans doute légitime. Cependant, Chambers savait que le chagrin viendrait, en son temps. Peut-être pas pour cette figure paternelle manquée, mais bien pour tout ce qu'il n'avait pas été. Pour les regrets et les « et si », ce qui ne serait jamais.

— Pardonnez-moi, monsieur, mais… êtes-vous certain d'être l'héritier de Haddon Hall ? Feu votre père…

— Avait menacé de me déshériter, j'en ai bien conscience. Qu'il l'ait fait ou non m'importe peu, Chambers. Je dispose de mes propres revenus. Certes, cela m'épargnerait la peine de devoir démolir cette demeure pierre par pierre. Néanmoins, personne, en dehors de vous et de moi, n'est obligé de le savoir ! ajouta Trevor avec un air complice.

— Vous savez pouvoir compter sur ma discrétion, monsieur, lui rappela le majordome.

En effet. Chambers était une tombe lorsque la situation l'exigeait. Il avait ainsi toujours tenu en respect les domestiques de cette maison sans peine. L'héritage de la rue et d'années de service militaire avait fait de lui un homme taiseux et reconnaissant de ce qu'il avait aujourd'hui. Trevor essaya de ne pas laisser son regard filer sur les mains de son serviteur. Les cicatrices qui les marquaient étaient autant de traces visibles des horreurs qu'il avait vécues. Aussi sûrement que sa jambe boiteuse et sa mauvaise vue. Lesquelles appartenaient à l'armée et lesquelles à la rue, cela restait un mystère. Trevor savait seulement ce que ces cicatrices signifiaient pour Chambers : une famille avec trop de bouches à nourrir et un père violent porté sur la bouteille, le rendant aussi haïssable que le sien. Une petite voix souffla à Trevor que lui, cependant, n'avait pas eu à souffrir de corrections de ce type. Edward Manners était un pape de la sobriété. Cela lui faisait une belle jambe dans la tombe, Trevor en était certain.

Les préparatifs pour deux jours de voyage étaient assommants, mais furent égayés par la visite de Victoria et d'autres visiteurs imprévus ayant eu la bonne fortune de lire l'avis de décès paru dans le journal. Pour peu, Trevor aurait appris la mort de son père dans la gazette, ou de la bouche d'un parfait inconnu. L'idée lui plut et il regretta presque qu'il n'en fût pas ainsi. Voilà qui aurait été un châtiment approprié pour le vieux gentleman. Qui que ce fût qui ait expédié la lettre, il loua l'économie avec laquelle cela avait été fait. Il estimait que le manque d'empressement que l'on avait eu à annoncer la mort de Lord Edward Manners en disait long sur le peu d'affection qu'on lui portait. Trevor lui-même se serait fort bien passé de ce voyage, n'eût été la nécessité de voir de ses propres yeux l'état de la maison, et d'apprendre de la bouche du notaire ce qu'il en était vraiment de sa situation.

Une fois les malles chargées, la domesticité congédiée, avec règlement de leur salaire complet bien qu'il manquât une dizaine de jours, ne resta qu'un dernier détail à régler. Trevor se tourna vers la comtesse Wellington, emmitouflée dans sa fourrure, sur laquelle il s'était largement appuyé et qui était la seule à ne pas s'être présentée avec un chapelet de condoléances à la bouche. Il leva devant son visage une épaisse clé de laiton, puis la déposa dans la main gantée de sa vieille amie.

— Les clés de la maison londonienne. Rendez-moi service, Victoria, vendez-la pour moi dès que je vous le demanderai. Que d'autres y soient heureux !

Il n'ajouta pas « contrairement à moi », mais Victoria l'entendit parfaitement.

Le fait que Trevor l'appelle par son prénom fit sursauter la comtesse, tout autant que la demande. Elle se garda bien de le reprendre, acceptant qu'ils partagent de toute façon une intimité proche désormais d'un noyau familial. Elle referma donc les doigts sur l'objet et opina.

— Quand vous me le direz, c'est entendu. En retour, je vous demanderai de prendre votre temps, dans le Derbyshire…

— Pour regarder l'herbe pousser ou les lézardes fissurer Haddon Hall ? N'y comptez pas trop, ma chère. D'ailleurs, à mon retour, je pourrais m'enquérir d'un endroit qui me soit propre. Si quelque chose venait à votre attention…, répondit Trevor.

— Je ne manquerai évidemment pas de vous en faire part.

La comtesse pinça les lèvres, ravalant une remarque sur Haddon Hall. Mais Trevor la connaissait trop bien pour que cela lui échappe. Tandis qu'il ouvrait la porte de la berline qui devait lui permettre d'atteindre

Bakewell le plus vite – et le plus raisonnablement – possible, il se pencha vers Victoria et déposa un chaste baiser sur sa joue.

— Au revoir, ma tante, merci pour tous vos conseils et pour votre aide précieuse ! plaisanta-t-il en plantant ses yeux bleus dans ceux de la comtesse.

— Au revoir, Trevor. Prenez soin de vous !

Elle lui sourit tendrement et regarda la voiture s'éloigner d'un pas tranquille. Elle la suivit jusqu'à ce qu'elle ne soit plus qu'un petit point obscur à l'horizon. Alors, seulement, elle s'autorisa une petite prière pour le nouveau Lord Trevor Ashmore-Manners, désormais comte de Rutland, et propriétaire d'un domaine laissé aux soins d'un père défaillant – c'est-à-dire pratiquement à l'abandon depuis plus de dix ans.

Comme il s'y était attendu, la route avait été exécrable : une cohorte de trous et de bosses, des arrêts incessants, mais nécessaires pour le bien-être des chevaux, un froid polaire la nuit et un paysage déprimant : les arbres avaient déjà perdu toutes leurs feuilles mordorées. Ne restait donc qu'un tas de branches noueuses, s'étirant vers le ciel, comme des bras désespérés. L'image fit frissonner Trevor, qui eut l'impression que le voyage durait une éternité, alors qu'il prendrait un jour et demi seulement. Chambers semblait parfaitement s'en accommoder. Il était d'un calme olympien, et bougeait à peine lors des cahots qui secouaient violemment la berline. Trevor essaya de prendre modèle sur lui, de garder contenance, néanmoins il se sentait comme un mousse sur un nouveau navire. Au moins n'avait-il pas la nausée. Quoique cela, au moins, l'eût distrait. Trevor soupira et changea une fois de plus de position. Il avait bien essayé de lire, mais il perdait sans cesse sa ligne. Finalement, avec un grognement de frustration, il se coucha sur la banquette, les jambes relevées, formant une sorte de tente d'appoint avec les couvertures à sa disposition. Ses membres étaient bien trop longs pour qu'il puisse s'allonger totalement dans l'habitacle. Il fit glisser son chapeau sur ses yeux et se décida à dormir. Cela lui servirait de repas et d'occupation jusqu'à ce maudit Derbyshire.

— Que monsieur me pardonne, mais nous arrivons…

Le murmure de Chambers tira Trevor des limbes dans lesquelles il était plongé. Il se frotta les yeux, faisant choir son couvre-chef, que le majordome lui rendit aussitôt. Trevor réalisa que ses jambes étaient lourdes, sans doute parce qu'il les avait gardées levées un moment. Avec une grimace, il les reposa par terre, laissant les fourmis courir dans ses veines. Il remercia Chambers d'un hochement de tête et se pencha vers la fenêtre. Il reconnaissait ce sentier bordé d'arbres centenaires, sagement ourlés par des murets moussus. Au loin, une grille, dont les gonds étaient rouillés, était ouverte telle une gueule béante.

Derrière, une masse compacte apparaissait dans la brume hivernale. Une vision digne d'un manoir hanté. Les paroles de Dante s'imposèrent à Trevor malgré lui : « Vous qui entrez ici, abandonnez tout espoir[1]. » Trevor distingua tant bien que mal les créneaux des tours médiévales. De la vigne vierge et des rosiers défraîchis mangeaient la façade. Les parterres de gazon étaient lisses, bien délimités, et encore baignés par la rosée. Sur la droite, un escalier de pierres blanches menait à un point d'eau, ainsi qu'à la chapelle, à travers des galeries obscures, soutenues par des voûtes en ogive. À gauche, l'entrée du grand hall, menant au salon, à la galerie puis aux étages où se situaient les appartements, et à la tour de guet que sa famille avait baptisée la tour de l'Aigle. Trevor avait toujours considéré ce choix curieux quand on songeait que son blason était en fait un sanglier. Un rictus déforma ses lèvres. Le blason d'un porc, voilà qui était approprié.

Il parut étrange à Trevor de se souvenir si clairement de tout ceci, alors qu'il avait quitté la maison douze ans plus tôt, et n'y avait plus remis les pieds. Avec un pincement au cœur, il aperçut également l'aile des domestiques, qui donnait directement sur le garde-manger, les cuisines et le cellier. Combien d'heures avait-il passées dans les jupes de la cuisinière,

1. Citation de *La Divine Comédie*, du poète italien Dante, écrite au XIVe siècle. Cette phrase est celle gravée sur la porte menant aux Enfers.

à quémander des gâteaux ? Combien de fois sa mère l'avait-elle gourmandé et poursuivi dans le jardin, l'air faussement fâché ? Peut-être des centaines. Une fois qu'elle l'avait attrapé et lui avait fait la leçon, ils s'asseyaient toujours sur un petit banc, à l'arrière des cuisines. Là, miraculeusement, Alicia Ashmore extirpait de sa robe une kyrielle de tartelettes qu'elle partageait avec son fils. Ils les dévoraient en riant, le visage parsemé de miettes.

Était-ce une bonne chose de se souvenir de cela maintenant ? Sans doute pas. Pas alors que pratiquement toutes les femmes de sa vie étaient irrémédiablement perdues, emportant avec elles tout le bonheur de ce monde. Trevor ferma les yeux, pressant fort les paupières pour lutter contre le vide qui menaçait de l'engloutir. La berline s'arrêta, et Trevor attendit qu'on vienne ouvrir la porte et descendre le marchepied. Au bout d'un temps anormalement long, durant lequel le froid dans la voiture s'intensifia, il échangea un regard incertain avec Chambers. Le majordome paraissait aussi perdu que lui. Trevor ouvrit donc la portière, et descendit sans plus de manières. Peut-être était-on déjà affairé avec la mise en bière, supposant qu'il ne se déplacerait même pas ? La veillée funèbre avait dû être ordonnée la veille, comme de coutume dans la famille. L'air de Chambers à cet instant valait son pesant d'or : un mélange d'incrédulité, de contrariété et d'indignation. Personne n'accueillait ainsi Lord

Ashmore-Manners semblait crier son visage crispé. Cela fit ricaner Trevor. Voilà qui promettait. S'il avait été superstitieux, il y aurait vu un mauvais présage supplémentaire, mais il avait l'esprit trop cartésien pour cela.

Lorsqu'il se tourna vers la bâtisse, il retint son souffle, incapable de dire si c'était de soulagement ou de dépit. Haddon Hall n'était donc pas en ruines, bien qu'ayant l'air assez décrépit. On sentait que le parc et le château étaient entretenus, mais a minima. De près, rien n'était aussi net que cela aurait dû. Ceci n'entachait en rien la splendeur des lieux ni n'atténuait les traces des fantômes qui le hantaient encore et qui, soudain, parurent renaître aux yeux de Trevor.

Puisqu'aucun palefrenier ou valet n'accourait pour s'occuper d'eux et de la berline, Trevor ordonna à Chambers de porter les bagages à l'entrée et de s'enquérir de quelqu'un. Les chevaux avaient besoin de soins et de repos. Le majordome obéit, laissant son maître à contrecœur. Debout devant la grande porte en bois, Trevor hésita. Au moment où il leva la main pour saisir le lourd heurtoir, il vit qu'il tremblait. Cela le mit plus en rage que tout le reste. Il abattit sa poigne sur l'anneau et le cogna de toutes ses forces. Le bruit aurait réveillé un mort. Du moment que ce n'était pas Edward Manners…

Devant le manque de réaction de la maisonnée, Trevor crut qu'il s'était trompé et que l'endroit avait finalement été abandonné. Il allait ouvrir la porte lui-même lorsqu'elle bascula vers l'intérieur. La silhouette d'une jeune femme apparut dans l'ouverture. Elle tenait dans sa main gauche un manuel d'histoire. Un châle beige épais couvrait ses épaules et une partie de sa robe, d'un marron aussi chaud que ses yeux, qui cillèrent en se posant sur lui. Trevor remarqua qu'ils étaient ourlés de cils épais, lui conférant un regard très tendre. Sa chevelure châtain était relevée, simplement maintenue par un ruban ocre. Un brassard noir en crêpe enserrait son bras gauche. Elle portait le deuil de l'ancien propriétaire, à la manière des domestiques, sans en porter la tenue. Cela laissa Trevor perplexe, tout autant que cette apparition pleine de douceur et de simplicité, qui, bien loin des faux-semblants de Londres, le charma. La demoiselle lui parut n'avoir guère plus de vingt-cinq ans et, surtout, elle lui était totalement inconnue. Compte tenu de sa longue absence, il n'aurait pas dû s'en étonner.

Avant qu'elle n'ouvre la bouche, certainement pour le saluer, un cri retentit derrière elle.

— C'est lui ! C'est lui ! Je suis certaine que c'est lui cette fois ! déclara une voix enfantine enjouée.

Aussitôt, un trépignement impatient résonna dans le hall et la jeune femme se retourna vivement pour attraper au vol une petite fille aux cheveux bouclés couleur miel, qui tranchaient sur sa robe d'un noir profond. Elle la hissa sur sa hanche, non sans mal, car la gamine devait avoir au moins une dizaine d'années et pesait son poids. Mais ce ne fut pas cet exploit qui sidéra Trevor. Ce furent les yeux de l'enfant, similaires aux siens : d'un bleu pâle familier. Les yeux des Manners. Tout comme cette chevelure lui venait sans conteste d'Alicia Ashmore. L'enfant se cacha dans le cou de celle qui devait être sa gouvernante, avec une gêne soudaine. Paralysé par ce tableau, Trevor s'entendit parler d'une voix calme, bien loin de la colère qui l'avait habité quelques minutes plus tôt :

— Je suis Trevor Ashmore-Manners. J'ai reçu un courrier, m'annonçant…

— Lord Manners, soyez le bienvenu ! répondit aussitôt la jeune femme en le coupant.

Elle déposa la petite, qui se glissa à moitié derrière elle, et le salua. Trevor plissa les yeux, mécontent.

— Lord Ashmore, jamais Manners. Et surtout pas ici, la prévint-il. C'est un accueil pour le moins… inhabituel.

Il vit la jeune femme déglutir et sut à sa mine décomposée que sa réputation d'homme difficile l'avait précédé. Elle ne put s'empêcher de jeter un nouveau coup d'œil au manteau rouge qu'il portait, bien loin du noir de rigueur. Trevor s'en amusa d'autant plus qu'elle semblait hésiter entre la consternation et la résignation. À quoi pouvait-on s'attendre de la part du fils perdu de la maison ?

— Je vous prie de nous en excuser, nous ne

savions pas précisément quand vous arriveriez, et la domesticité étant réduite, nous…

— Réduite ? N'est-ce pas votre rôle de veiller à ce que ce ne soit pas le cas ? répéta Trevor d'une voix ferme.

La jeune femme se rembrunit sous son regard.

— Papa a renvoyé tout le monde, intervint la petite en montrant à nouveau son minois.

Trevor baissa les yeux vers elle, manquant de peu la grimace horrifiée de la jeune femme qui lui avait ouvert. La fillette se mit à gigoter, gênée de devenir soudain le centre de l'attention. Ses jeunes poings se crispèrent sur la robe de la femme près d'elle.

— Je n'aurais pas dû dire cela…, fit-elle, penaude.

Non, en effet, mais cela n'était rien en comparaison du choc que le mot « papa » produisit en Trevor. Il la regarda avec attention, cette enfant qu'il n'avait pas vue grandir. Qu'il avait fuie, sans vraiment le vouloir, l'année où sa naissance avait coûté la vie à Alicia Ashmore. Sa petite sœur de douze ans se tenait devant lui, et apparemment elle avait attendu sa venue. Quelque chose remua dans la poitrine de Trevor : une corde sensible qu'il avait pourtant cru avoir coupée des années plus tôt. La fillette leva un regard misérable sur la jeune femme à côté d'elle. Cette dernière inspira profondément et posa doucement la main sur l'épaule de l'enfant, l'obligeant à se dévoiler totalement. Elle était belle, cette petite.

Trevor s'agenouilla devant elle, plongea ses yeux dans les siens. Il crut pratiquement regarder un miroir.

— Je suis Lenore Forester, la gouvernante, intervint la femme près d'eux. Annabeth, votre frère a raison, il nous faut saluer correctement nos visiteurs.

La gouvernante ? Pourquoi ce bandeau noir alors ? Elle n'était pas une domestique, bien que chargée de l'éducation des enfants de la maison. Trevor fronça les sourcils, soudain perdu. Il balaya sa silhouette d'un œil critique : jolie, bien faite, avenante. Se pourrait-il que son père… ? L'idée le révolta tout autant qu'elle l'étonna. Il la rejeta aussitôt : Edward Manners était un ascète, un homme rigide et rigoriste. Même avec une aussi charmante fleur sous son nez, il aurait été incapable de penser à en effleurer les pétales. Il n'y avait qu'à voir comment il avait perçu sa propre épouse. Guère plus que comme une pouliche.

Annabeth lui sourit, interrompant le flot de ses pensées sordides. Aussitôt, elle avança d'un pas, saisit un pan de sa robe et s'inclina avec grâce en déclarant :

— Vous êtes ici chez vous, mon frère. Comme vous nous avez manqué ! Venez, avant d'attraper froid !

De sa petite main, elle le releva. Puis, Annabeth coula un regard à Lenore, qui opina discrètement. Là, c'était mieux. Ce petit jeu de mime aurait tout à fait distrait Trevor si la situation ne lui avait pas paru aussi étrange. Il fixa Annabeth avec un mélange d'appréhension et de joie. Il ne savait que dire pour ne pas la heurter, aussi décida-t-il que le mieux était de lui répondre le plus simplement possible.

— Merci, Annabeth. Je suis certain que vous devez avoir beaucoup de choses à faire. Aussi, je ne vous retiens pas. J'aimerais discuter avec le majordome, l'intendante et vous, mademoiselle Forester.

— En fait, monsieur, il n'y a que moi..., souffla Lenore.

Elle passa sa langue sur ses lèvres pour les humidifier. Sans qu'il sache pourquoi, le mouvement hypnotisa Trevor.

— Le majordome nous a quittés il y a de cela quatre ans. L'intendante, cinq. Ils n'ont pas été remplacés depuis.

— Dans ce cas, qui gère cette maison ? s'enquit Trevor.

— Moi, monsieur..., avoua Lenore.

Il accusa le coup. Ce n'était certainement pas la première fois, en terres anglaises, qu'une gouvernante prenait la charge d'une demeure en attendant qu'une intendante soit nommée, et régentait la domesticité avec l'appui de la maîtresse de maison. Or, Annabeth était trop jeune pour cela, et il n'y avait pas d'autres femmes sur le domaine. C'était tout à fait déplacé. C'était délicieusement décadent tant cela en disait long sur la détresse de Haddon Hall. Trevor attendit de ressentir ce petit sentiment de triomphe qu'il avait guetté depuis la sortie de la berline, en vain. La présence d'Annabeth rendait la chose impossible. Qui plus est, Trevor avait peine à croire que son père se soit passé d'un majordome tout ce temps. Ce fut le moment que choisit Chambers pour apparaître. À voir la paille prise dans sa livrée, et la mine contrariée qu'il affichait, il ne faisait aucun doute qu'il s'était occupé des chevaux lui-même et n'avait trouvé personne. Voilà qui appuyait les dires de Mlle Forester. Annabeth étouffa un éclat de rire en voyant le domestique surgir.

Lenore sentit l'angoisse lui nouer l'estomac. Elle pressa l'épaule de sa jeune élève et colla un faux sourire sur ses lèvres. C'était le moment ou jamais d'être convaincante.

— Annabeth, rejoignez donc Mme Miranda et relisez le chapitre quatre. Je vous retrouve dans un moment !

Trevor sursauta en entendant ce nom. Ainsi, elle était toujours là ?

Puis, la gouvernante tendit son livre à la petite, qui le prit avec dévotion, avant de tourner les talons avec obéissance. Cependant, à mi-chemin entre le perron et le couloir, elle se tourna vers Trevor.

— Viendrez-vous me voir tout à l'heure, mon frère ? Je vous réciterai ma leçon si vous le désirez ! J'apprends les capitales ! proposa-t-elle, pleine d'espoir.

Trevor opina, et la regarda partir, d'un pas bien trop rapide pour une jeune fille de bonne famille. Lenore se mordit la lèvre, bien consciente des remontrances qui allaient suivre. Sur Annabeth, ou sur le domaine. Elle faisait de son mieux pour éduquer la petite, mais le tempérament de son élève était parfois trop naturel et spontané. Quoi qu'il en soit, c'était à elle qu'on allait demander des comptes. Lenore se donna quelques secondes pour reprendre contenance. Elle lissa machinalement sa robe brune.

— Votre chambre est prête, si votre majordome désire y monter vos affaires. S'il a besoin d'aide, il pourra en trouver auprès de nos commis de cuisine. J'ai pris la liberté de vous installer dans la chambre bleue, j'espère que cela vous conviendra. Votre ancienne chambre est… assez délabrée, avoua Lenore d'une voix douce.

C'était le timbre d'une personne calme et sûre d'elle. Totalement à l'opposé de ce que ressentait Lenore et du feu qui agitait son regard noisette. Trevor se pinça l'arête du nez, faisant frémir la gouvernante. Elle sentait qu'il bouillonnait. Elle suivit du regard ce large front, où des boucles couleur miel jouaient avec insouciance. Elles éclairaient trompeusement un faciès dévoré par des ombres anciennes. Même si les yeux du comte étaient présentement fermés, elle avait pu admirer leur beauté et leur bleu intense dès qu'il les avait posés sur elle. Elle avait d'ailleurs également noté qu'ils étaient marqués par des cernes, certainement dus à la fatigue de la route. Sa bouche fine était bien dessinée. Il avait un port de tête altier, et une allure tout à fait distinguée. Du genre de celle qui devait être de rigueur dans la capitale.

Elle le trouvait cependant trop maigre, comme s'il ne s'alimentait pas correctement. Ce qui était très probable si, comme le disaient les rumeurs, le fils aîné de la maison Manners s'était perdu dans les bas-fonds de Londres et qu'il était davantage occupé à forniquer qu'à toute autre chose. Vivre d'amour et d'eau fraîche, voilà donc ce que cela représentait. Bien qu'il soit difficile de démêler le vrai du faux, tant Trevor Ashmore-Manners s'était abstenu de tout lien avec sa famille et sa région d'origine, Lenore avait imaginé un séducteur. Or, si le jeune homme était plaisant, c'était surtout grâce à sa présence qui irradiait d'autorité. Il n'avait rien du bellâtre qui déchaînait les foules et les passions. Il avait plutôt l'air froid et terrifiant. Quoique ses yeux fussent captivants, Lenore devait bien le reconnaître. Elle avait senti le futur propriétaire des lieux désarçonné par l'arrivée d'Annabeth. Mais, à présent que la petite avait disparu, elle vit réapparaître une certaine colère sur ses traits. La même que celle qu'il arborait quand elle lui avait ouvert et qu'elle s'était présentée. Il s'exprima d'une voix grinçante :

— Ôtez-moi d'un doute… vous venez d'envoyer ma sœur travailler aux cuisines ? Dois-je en déduire que c'est là que vous dispensez vos leçons, mademoiselle ? Et que fait-elle ici, pour commencer ? Mon frère est-il également de la partie ?

Ah… ainsi, il avait reconnu le nom de la cuisinière. Lenore s'en voulut de sa bévue, mais il lui était impossible de revenir en arrière. Elle savait Mme Miranda être une femme fiable, avec la tête sur les épaules. Et, s'il était vrai que socialement le poste de cuisinière était en totale opposition avec le rang d'une gouvernante, Lenore s'en était fait une amie. Sur qui d'autre aurait-elle pu compter, dans cette demeure loin de tout, et désolée ? Qui plus est, l'existence lui avait appris que la hiérarchie sociale était des plus trompeuses. Elle ne sentait aucune déchéance à se lier à Mme Miranda, et c'était ce qu'elle essayait d'inculquer à Annabeth. Noblesse et humilité ne sonnaient jamais comme des antithèses dans la bouche de Lenore. Aussi, comme toujours dans sa vie, elle choisit de dire la vérité.

— C'est là qu'il fait le plus chaud, monsieur…, protesta-t-elle calmement. Quant au reste… votre père a laissé une lettre à votre intention.

Avec une courbette, Lenore s'effaça pour laisser enfin Lord Ashmore entrer dans son nouveau repaire. Lorsque la porte claqua sur ses talons, elle eut l'impression qu'un glas venait de sonner pour tout le domaine.

Chapitre 3

Annabeth

Le regard que Lord Ashmore jeta sur chaque centimètre du château apprit à Lenore tout ce qu'elle devait savoir. La façon dont sa lèvre inférieure se plissa, faisant ressortir son menton volontaire, souligna le dégoût qu'il éprouvait en contemplant les multiples traces sur le papier peint des couloirs. Les tableaux qui se trouvaient là auparavant avaient petit à petit été retirés, laissant simplement de grands rectangles fantomatiques à leur place. À ces endroits, les rayures d'un rose pâle étaient vives, puis semblaient disparaître sous l'usure des années. Lorsqu'elle vit le lord retrousser le nez en passant sous un lustre dont les pampilles étaient couvertes de poussière, Lenore ne put s'empêcher de ressentir un élan de honte. Et de colère. Si l'entretien de la demeure lui déplaisait, qu'il engage davantage de domestiques. Tout Lord Ashmore qu'il soit, elle ne comptait pas s'attribuer une faute qui ne lui incombait pas. Elle tourna ce nom dans sa bouche un moment, et il y laissa une amertume singulière. Le « maître des cendres », en effet. Voilà tout ce qu'il restait de Haddon Hall. Non pas que cela puisse pousser la jeune femme à partir. Elle avait trouvé un refuge entre ces murs et elle se moquait bien qu'ils soient ouverts à tous les vents.

Lenore s'exhorta néanmoins au calme et poursuivit lentement sa progression vers les cuisines. Elle eut même la patience d'attendre que le nouveau venu cesse de fixer le grand escalier menant à l'étage, les yeux exorbités. Elle crut qu'il allait se sentir mal lorsqu'une rougeur étrange couvrit son visage et gagna jusqu'à son cou. Sa pomme d'Adam allait et venait furieusement, mais Lenore était bien incapable de dire s'il s'agissait d'un cri contenu de rage ou de tristesse. Au lieu de s'évanouir, il se racla finalement la gorge et tendit un doigt accusateur vers elle :

— Qu'est-il advenu du tapis ?

Sa voix était cinglante, claire. Celle d'un homme habitué à ce qu'on lui obéisse. Lenore fronça les sourcils et revint sur ses pas. Elle se rappela qu'il s'agissait là du tuteur de son élève, désormais, et qu'elle avait tout intérêt à lui plaire si elle souhaitait conserver sa place. Ses bottines en cuir marron résonnèrent sur le plancher propre, mais fatigué. C'était un bruit auquel elle était habituée désormais, car plus personne ici n'avait le loisir d'entretenir de quoi le recouvrir et isoler ces pièces inhabitées.

— Il a été vendu, monsieur. En grande partie du moins. Je pense que le tissu le plus abîmé a été utilisé pour recouvrir une fenêtre à l'étage.

Trevor se tourna brutalement vers la gouvernante. Elle se tenait près de lui, bien droite. Ses mains étaient sagement jointes dans son giron tandis que son regard de biche prenait un éclat lointain, presque rêveur. Peut-être voyait-elle encore les splendeurs d'antan. Elle cilla, et osa finalement tourner son regard noisette vers lui.

— Elle était cassée, et nous n'avions pas d'autre moyen de la réparer…, avoua-t-elle, devançant sa question suivante.

Trevor n'avait rien à répondre à cela. Il opina donc sèchement et se remit en marche. Il avait beau avoir laissé la gouvernante le guider jusque-là, il se souvenait parfaitement des lieux. Cela en devenait même troublant tant la maisonnée avait pris à présent des teintes fanées, impossibles à raccommoder, et qui contrastaient si violemment avec les souvenirs colorés de ses jeunes années. Un bref instant, il crut entendre le rire de sa mère en haut des marches, mais l'écho des pas de la jeune femme le couvrit tandis qu'elle trottait pour le rejoindre. Elle reprit la tête, et il ne fixa bientôt plus que le dos de sa robe. Lisse et de bonne facture. Sans fioriture. Comme il seyait à une gouvernante. Cela, au moins, semblait être correct. Cette pensée le surprit et l'agaça : il ne s'était plus soucié du politiquement correct depuis des années. Déjà, l'emprise de Haddon Hall se faisait sentir sur son humeur. Il se focalisa à nouveau sur la gouvernante, pour s'empêcher de replonger dans son passé. Le bruit de ses talons sur le bois était décidé, franc. Trevor se rendit alors compte qu'il pouvait entendre son propre pas hanter cette demeure honnie. Soudain, il se sentit glacé jusqu'aux os et ce son lui parut insupportable. Son esprit matérialisa aussitôt à la place une mélodie ancienne, qu'il n'avait plus entendue depuis douze ans.

— Le piano est-il toujours là ? demanda-t-il à brûle-pourpoint.

Lenore regarda par-dessus son épaule, surprise qu'il en connaisse l'existence. Elle ne nota pas la façon dont les mots avaient coulé de sa bouche, mus par une force ancienne et violente.

— Oui, monsieur. Mlle Annabeth l'entretient avec beaucoup de soin.

— Vraiment ? Qui le lui a appris ? s'enquit-il avec une curiosité sincère qui intrigua Lenore.

Elle se refusa néanmoins à tirer des conclusions hâtives. Cela aurait nourri trop d'espoirs, probablement vains, quant à sa nouvelle situation et celle de sa jeune élève. Elle détourna donc la tête, fixant un point devant elle pour conserver un air impassible.

— Moi, monsieur. Avec la permission de feu votre père.

La mention de l'ancien comte de Rutland fit grincer des dents son fils. Lenore se résolut donc à aborder le sujet le moins possible à l'avenir. Il était de notoriété publique que père et fils avaient eu une brouille terrible et ne se fréquentaient plus depuis des années. Plus qu'une brouille, songea Lenore en avisant un pan du manteau rouge qui s'agitait dans le sillage de son propriétaire. Seule la cuisinière, Mme Miranda, connaissait le fin mot de l'histoire, mais elle refusait catégoriquement de dire quoi que ce soit. Lenore n'avait jamais avoué à la brave femme qu'un soir de Noël, pourtant, alors qu'elle avait certainement abusé du vin de table, elle avait mentionné en avoir fait le serment sur la tombe d'Alicia Ashmore. Par pitié pour ce fils doublement bafoué. Lenore ne comprenait toujours pas ce que la cuisinière avait voulu dire. Machinalement, elle frotta son thorax, touchant sous le col de sa robe le seul bijou qu'elle portait. Il était des choses contre lesquelles même la ferveur de l'amour ne pouvait rien, elle en savait quelque chose.

Dès que Lenore pénétra dans les cuisines, la chaleur du four et une odeur de pain frais l'assaillirent. Elle inspira à pleins poumons et sentit aussitôt la tension qui raidissait ses épaules se relâcher. La température agréable et la commodité des lieux lui firent du bien après la traversée glaciale du domaine, et les questions étranges du nouveau venu. Durant une fraction de seconde en tout cas, avant qu'une spatule en bois ne manque de lui atterrir sur les pieds.

— Sainte Marie, mère de Dieu !

Avant que Lenore n'ait pu dire quoi que ce soit, Mme Miranda s'avança vers eux, les mains crispées sur son tablier. Elle répéta les mêmes mots en dévisageant leur visiteur, de façon totalement inconvenante.

Trevor la regarda venir à lui, bien plus bouleversé qu'il ne l'aurait voulu. Mme Miranda avait vieilli. Ce n'était bien sûr pas une surprise, simplement, entre le savoir et le voir, il y avait tout un monde. Ses cheveux d'un roux flamboyant étaient à présent grisonnants. Son visage rond et chaleureux était marqué par le temps, aux coins des yeux et de la bouche. Sa silhouette, qui avait toujours été replète, était plus tassée. Son regard et son sourire, en revanche, étaient intacts. Tout comme le tablier blanc à large poche qu'elle portait. Pour masquer sa gêne, Trevor se pencha, ramassa la cuillère qu'elle avait laissée échapper, et la lui rendit. La cuisinière s'en saisit sans s'en rendre compte. Elle paraissait boire le visage de Trevor. Elle fit deux pas de plus, se retrouvant juste sous son nez. Elle mâchonna l'intérieur de sa joue et leva doucement une main vers lui. À mi-chemin, elle se rendit compte de ce qu'elle faisait et se reprit, mais rien ne put éteindre la lueur humide dans ses yeux ni empêcher sa voix de prendre une note éraillée.

— Vous revoir dans ma cuisine, après toutes ces années, c'est ce que j'ai toujours souhaité…

— Je suis heureux de vous revoir aussi, madame Miranda, répondit Trevor, ému également.

Une sorte de sérénité passa dans l'air, brutalement interrompue par une petite voix curieuse :

— Vous vous connaissez ?

Trevor avisa alors sa benjamine. Un livre, un cahier et un porte-plume reposaient devant elle, sur la grande table en bois de la cuisine. Elle occupait ainsi un tiers de l'espace, à la gauche du four. Trevor nota qu'une pelisse était négligemment posée sur le banc où Annabeth était assise. Elle s'était légèrement relevée, la tête appuyée sur son poing, pour observer la scène. La curiosité et l'intelligence dans son regard frappèrent Trevor de plein fouet. C'était vraiment celui de leur mère, à l'exception de la couleur. Malgré cette caractéristique des Manners, ses iris ne possédaient aucune dureté. Le voile frigorifique n'avait pu briser la douceur qu'avait certainement transmise Alicia, dans son dernier souffle, à sa fille.

— Mme Miranda a cuisiné pour moi pendant des années, répondit Trevor à sa sœur.

La vieille cuisinière rit et retourna à ce qui ressemblait à une tourte. Brutalement, Trevor se mit à saliver face à ces senteurs du passé. Lui qui n'avait plus réellement mangé depuis douze ans sentit son estomac crier famine et le supplier de céder.

— J'ai aussi chassé votre frère de mes placards un nombre considérable de fois ! assura-t-elle à la petite.

Annabeth fronça les sourcils et dévisagea son frère. Ses yeux espiègles balayèrent tout son corps.

— Ce devait être il y a longtemps alors… il est trop maigre pour ça !

La réflexion arracha un gloussement à la cuisinière, qui opina, malgré le sourcil levé de Trevor. Un mouvement sur sa gauche l'alerta. Il se rendit alors compte que la gouvernante avait poliment porté une main à sa bouche, sans doute pour masquer le sourire que cette réflexion ingénue y avait amené. Il regretta de ne pas pouvoir le voir. Les yeux noisette de la jeune femme étincelaient d'amusement. Son sourire n'aurait fait que l'embellir davantage, bien qu'elle ait déjà quelque chose du feu follet au goût de Trevor.

Lorsque Lenore eut repris contenance, elle inspira et essaya de se donner un air digne, avant de rejoindre son élève.

— Alors, il me semble que vous aviez des capitales à réciter à votre frère…, entama la gouvernante.

Aussitôt, la demoiselle se mit au garde-à-vous, referma livre et cahier, et se tourna vers Trevor, l'air le plus sérieux du monde sur son visage.

— La capitale de l'Angleterre est Londres, celle de l'Allemagne est Berlin, celle de la France est Paris. Celle de l'Italie est Rome. Celle du Portugal est Lisbonne et celle de l'Espagne, Madrid.

— Bien, mademoiselle. Mais celles-ci sont faciles.

Que pouvez-vous me dire de la Turquie, de l'Inde, de la Chine ? demanda à nouveau Lenore.

— Ce sont Ankara, New Dehli et Pékin.

— Très bien, et qu'en est-il de l'Australie et du Canada ? intervint Trevor.

— Canberra et Ottawa !

Les réponses fusèrent comme un boulet de canon, et Trevor put lire toute la fierté qu'avait sa sœur à lui répondre. Elle était pratiquement aussi grande que celle qui empourprait les joues de la gouvernante. Trevor opina et s'approcha d'Annabeth. Il posa une main sur son épaule et s'agenouilla devant elle.

— Je vois que vous êtes une jeune demoiselle savante et sérieuse. On vous enseigne bien.

Annabeth hocha vigoureusement la tête et se tourna vers Lenore.

— Nous lisons beaucoup de choses. Chaque semaine, Lenore me ramène du village un ouvrage que je dois étudier. Et une fois par an, Elwin m'envoie quelque chose de France. Mais… je ne parle pas bien cette langue.

À la mention de son frère cadet, Trevor se crispa. Il s'efforça de sourire malgré tout, et se redressa.

— Vous avez le temps d'apprendre, Annabeth. Pour l'heure, je pense que vous devriez monter vous préparer pour le dîner. Mlle Forester vous rejoindra dans un moment, d'accord ?

La demoiselle approuva et fila dans ses appartements. Lenore n'avait pas bougé de sa place, et ne broncha pas lorsque Lord Ashmore se tourna vers Mme Miranda.

— Le petit salon est-il praticable ? l'interrogea-t-il.

— Non, monsieur. En fait, nous ne chauffons plus que quelques pièces. La bibliothèque en fait partie…

— Parfait, dans ce cas nous n'allons pas vous encombrer plus longtemps, madame Miranda, si vous devez nous régaler sous peu. Qui plus est… il faut bien ranger ces manuels.

Lenore comprit immédiatement le message. Elle rassembla les affaires d'Annabeth et sortit à la suite du maître de maison. Elle resserra au mieux son châle pour affronter le froid qui ne manquerait pas de l'assaillir après son passage aux cuisines. Le chemin jusqu'à la bibliothèque lui parut s'étirer comme du caramel. Elle avait beau connaître ce château par cœur, avoir à ses côtés le nouveau propriétaire changeait la donne. Elle nota qu'il ne semblait nullement souffrir du froid, bien qu'il ne quittât pas ses gants. Lenore trouva le rouge de son manteau soudain adéquat au milieu des restes de splendeur de Haddon Hall. Cela amenait une touche de couleur nostalgique, comme si Trevor Ashmore portait un étendard qui ravivait curieusement les couleurs et senteurs ternes du manoir.

Enfin, Lenore poussa la porte de la bibliothèque avec une certaine nervosité. D'un coup d'œil, elle repéra les deux fauteuils rescapés de la dernière vente, ainsi que la petite table qui les séparait. Un candélabre n'attendait qu'une allumette. Elle la gratta donc docilement et admira brièvement la lueur orangée qui se répercutait sur les étagères en bois massif de l'autre côté. Les rideaux de velours verts étaient fatigués et poussiéreux, mais ils avaient l'avantage d'isoler un peu plus la pièce, aussi personne n'avait pris la peine de les décrocher ni d'ouvrir les fenêtres depuis des lustres. Trevor s'assit et attendit que Lenore le rejoigne, mais elle resta obstinément debout, près de la cheminée rougeoyante de braises. Il réalisa brutalement qu'elle avait beau ne pas appartenir aux domestiques, elle n'était pas son égale pour autant sur un plan social. Elle ne pouvait donc pas s'asseoir ainsi, sans son invitation. Et même à sa demande, cela ne serait pas pris à la légère. Ce cérémonial l'irrita, lui qui avait envoyé promener toutes ces simagrées depuis des années à Londres.

— Asseyez-vous, je vous prie…, l'invita-t-il doucement.

— Merci, monsieur, mais je serai mieux debout.

Trevor eut un sourire en coin. C'était prévisible. Il n'insista pas, il n'avait pas le temps pour ça.

— J'ai plusieurs questions à vous poser, mademoiselle Forester, et j'attends des réponses claires et précises.

Trevor laissa sa phrase en suspens, et vit la gouvernante opiner. Il se rencogna dans son fauteuil, croisa ses longues jambes et laissa sa tête aller contre le dossier.

Sans pouvoir s'en empêcher, le regard noisette de Lenore remonta le long des membres déliés de Lord Ashmore, et elle frissonna lorsqu'elle perçut le reflet de la flamme des bougies danser dans ses yeux bleus. Il était saisissant.

— Depuis quand mon frère a-t-il quitté la maison pour le Doubs ? demanda Trevor.

Lenore sursauta, avant de se morigéner. Il était naturel que Lord Ashmore sache d'instinct où était son frère. La famille possédait deux domaines, celui de Haddon Hall en Angleterre et celui de Belvoir, en France, dans le Doubs.

— Depuis sept ans, monsieur. Il a rejoint le domaine familial pour l'administrer à la demande de votre père. Il gère ainsi le vignoble.

— Mal, si j'en crois ce que je vois ici…, avança Trevor, narquois.

Lenore hésita une fraction de seconde, mais se souvint qu'elle avait promis des réponses claires et précises. Elle jouerait donc son rôle.

— Pas du tout, monsieur. Les affaires de M. Elwin rencontrent beaucoup de succès.

Trevor décroisa les jambes et se redressa, piqué au vif. Ses narines palpitèrent et sa mâchoire se serra.

— Dans ce cas, dois-je en conclure que les domestiques ne sont plus ce qu'ils étaient ?

— Non, monsieur… Cependant… Puis-je me permettre de parler franchement ?

Trevor plissa les paupières et l'y autorisa d'un signe de la main.

— Feu votre père est tombé malade il y a de cela cinq ans. Le médecin a parlé d'une crise cardiaque. Il a dû ménager son cœur, mais cela a recommencé, régulièrement. Il a perdu petit à petit la capacité de parler et de bouger. Bien entendu, nous avons prévenu votre frère, mais il n'a pu revenir. Lord Manners a donc continué d'administrer le domaine, de son mieux. Petit à petit, les domestiques nous ont quittés pour se rendre dans des domaines plus florissants. Personne n'est venu les remplacer. J'ai moi-même porté des annonces au village, et à la paroisse. Mais plus le temps s'étirait, plus la tâche devenait considérable.

— Et depuis combien de temps êtes-vous au service de ma sœur, mademoiselle ?

— Sept ans, monsieur. M. Elwin et moi nous sommes croisés.

— Et malgré tout cela, mon frère n'est jamais revenu ? s'enquit Trevor.

— Non, monsieur. Lorsque je lui ai écrit, pour solliciter son aide à propos d'Annabeth, il nous a envoyé cinq cents livres pour pourvoir au matériel scolaire et à l'habillement de l'année.

Trevor se sentit blêmir. Cinq cents livres pour une année, pour habiller et éduquer une jeune lady, quand il fallait au moins dépenser le triple ? Elwin avait perdu la tête !

— Quels enseignements ma sœur reçoit-elle

aujourd'hui, mademoiselle Forester ? fit Trevor d'une voix tranchante en se penchant vers la gouvernante.

Cette dernière ne faiblit pas, ce qui était tout à son honneur. Elle ne perdait pas des yeux la flamme de la bougie qui dansait dans les prunelles furieuses du lord. Ainsi, il ressemblait à un démon prêt à fondre sur sa proie, tapi dans l'ombre. Il était tel un chat, dont l'iris phosphorescent alertait de sa présence.

— Je lui enseigne la littérature, les mathématiques, l'histoire et la géographie, ainsi que le piano, le chant, la danse et le dessin, souffla-t-elle.

— Pas de langues étrangères ? Et qu'en est-il des cours de maintien et d'étiquette ?

Cette fois, Trevor s'était levé. Dans la maigre lueur de la pièce, il avait l'air d'un géant.

— Votre frère a dit qu'il n'était pas utile d'apprendre autre chose que l'anglais, compte tenu de sa position. Quant au maintien et à l'étiquette, il a assuré que votre sœur avait assimilé tout cela plus jeune et qu'il n'était nul besoin de poursuivre dans cette direction. Cela ne m'empêche pas de la reprendre parfois, lorsqu'il le faut, mais nous ne consacrons aucune leçon à ce sujet. Votre père n'a rien eu à y redire… Il… se satisfaisait de la voir tous les jours. Elle lui apportait des fleurs du jardin et récitait des poèmes, les derniers temps…

Trevor ferma les yeux, cherchant à museler la colère qui lui tordait les tripes. Il avait prié pour la destruction totale de Haddon Hall. Mais il n'avait jamais imaginé que sa sœur s'y trouvait. Une jeune fille comme elle aurait dû être la coqueluche de Paris, aux côtés d'Elwin. Manifestement, seul son frère avait bénéficié des largesses de leur père. Trevor savait exactement pourquoi : parce que Annabeth ressemblait à leur mère. Parce que le vieil homme avait voulu mettre en cage un souvenir de son épouse. Et peut-être étouffer la culpabilité qui l'avait rongé lorsque, douze ans plus tôt, Alicia Ashmore était morte en mettant Annabeth au monde car c'était « son devoir » de donner des héritiers à son mari, quand bien même il avait déjà deux fils bien portants. Cela avait été la goutte d'eau qui avait fait déborder le vase émotionnel de Trevor. Dans les abysses où il était alors plongé, il avait fui le château, emportant ses maigres possessions, pour se rendre à Londres, devançant les projets de son père d'une journée.

Quand ce dernier l'avait retrouvé, et corrigé, il n'avait pourtant pas cédé. Lord Manners n'avait eu d'autre choix que de laisser son fils à la capitale, sous bonne garde, persuadé qu'il lui reviendrait un jour. C'était sans compter sur l'obstination de Trevor, qui s'était forgé sa propre fortune, desserrant la prise que le vieil homme pensait avoir sur lui. Trevor se souvenait encore du trajet, haché de ses pleurs de douleur et de lâcheté. Il avait été incapable de jeter ne serait-ce qu'un regard au bébé.

Mais Annabeth n'était plus un bébé aujourd'hui. Elle n'avait plus ni père ni mère. Qui plus est, si l'on faisait le compte de ses frères, le tableau n'était guère reluisant. Cela changeait tout ce que Trevor avait prévu. Toujours debout devant la gouvernante, il la surplombait sans un mot. Lenore, le visage levé vers lui, attendait. Elle était bien plus petite que lui, mais ne semblait pas apeurée.

La jeune femme vit passer sur le visage du gentleman un panel d'émotions obscures. Lorsque le front du maître des lieux se plissa et que son regard se voila, elle retint un élan de compassion avec difficulté. La silhouette de Lord Ashmore vacilla et il recula soudain en passant une main lasse sur son visage.

— Je vous remercie, mademoiselle Forester.

Lenore saisit un pan de sa robe pour s'incliner, mais il l'arrêta.

— Non, je ne vous congédie pas. Je vous remercie pour ma sœur. Vous semblez avoir constitué sa meilleure chance, et j'ai pu voir que vous vous donniez beaucoup de mal pour elle, dans ces conditions… Pour tout cela, je vous remercie.

Interdite, Lenore releva les yeux. Son cœur manqua un battement tandis qu'ils rencontrèrent ceux de son hôte. Ils étaient soudain francs et chaleureux. Leur éclat avait chassé les ombres qui marquaient jusque-là son visage, et Lenore le trouva beau. Son ventre se noua lorsqu'elle prit conscience du tour que prenaient ses pensées. Voilà donc comment le comte de Rutland faisait pour ensorceler les femmes dans la capitale sans même les toucher : d'un regard et d'un mot bien placé. Lenore acheva sa révérence malgré tout. Elle, elle ne comptait pas du tout figurer sur la liste de ses conquêtes.

— La veillée a-t-elle eu lieu, comme de coutume ? demanda Trevor après un bref silence.

— Oui, monsieur. Votre père est dans la chapelle…

— Bien, demain je contacterai le notaire et le curé. Que l'on fasse ça vite.

Avec la chance qu'il avait, Trevor s'imaginait déjà devoir creuser le sol gelé lui-même tant le climat se révélait mauvais. Il reconnaissait bien là son père qui, jusqu'au bout, avait l'art de lui empoisonner l'existence.

Lenore se garda bien de répondre, mais ne put s'empêcher d'ouvrir de grands yeux. Ainsi, il n'irait pas à lui. La rancune de cet homme se poursuivrait jusqu'à la tombe. Cela rendit Lenore mal à l'aise, au point qu'elle ne songeât bientôt plus qu'à quitter la pièce, qui était d'ordinaire sa préférée. Elle se battait bec et ongles pour la conserver dans un état correct, lui dédiant souvent les premières heures du jour qu'elle aurait dû passer au chaud, dans son lit.

— Monsieur désire-t-il savoir autre chose ? fit-elle d'une voix nouée par l'émotion.

— Non, ce sera tout.

Aussitôt, Lenore s'inclina élégamment et se détourna de lui. Son sang battait à ses oreilles, au point qu'elle faillit ne pas entendre lorsque Lord Ashmore la rappela :

— Oh ! Si. Une dernière chose, mademoiselle Forester. Qui a envoyé le télégramme à Londres ?

Une main sur la poignée, Lenore hésita. Elle se tourna de trois quarts, comme pour garder son interlocuteur à l'œil, sans oser vraiment assumer son geste.

— Moi, monsieur. J'ai envoyé le même à votre frère.

Trevor fronça les sourcils. L'écriture avait donc bien dû baver durant le voyage, car il refusait de croire qu'une gouvernante puisse écrire aussi mal. Un éclair passa dans ses yeux bleus. Le coin droit de sa bouche se releva en un sourire méprisant.

— Compte tenu de la situation familiale, je suppose qu'un express vous a semblé superflu !

Lenore ouvrit la bouche et poussa un petit couinement. Elle lâcha le battant et fit trois pas vers lui. Le rouge lui monta aux joues, ses yeux tendres prirent une teinte plus sombre tandis que l'indignation faisait trembler ses poings crispés, qu'elle cachait entre les plis de sa robe brune. Elle repoussa une mèche châtain loin de son visage, tentant par ce geste anodin de se maîtriser. Elle se rappela de justesse qu'il aurait été fort inconvenant de gronder le nouveau maître des lieux comme un vulgaire écolier. Même s'il ne méritait que cela.

— Que monsieur m'en excuse, j'ai utilisé l'argent

qu'il restait ce mois-ci pour envoyer ces deux courriers. Il n'y a pas un penny de plus dans cette maison à l'heure actuelle.

Le grincement dans le ton de Lenore était parfaitement audible, mais ce fut la façon dont elle lui faisait face qui sidéra Trevor. Bien campée sur ses jambes, le visage et le regard flamboyants, la gêne de la gouvernante le disputait à la colère et à la fierté. Elle était digne d'une furie mythologique. Quelque chose dans la manière dont ses pommettes ressortaient la rendait très attirante. Et, durant un simple battement de cils, Trevor crut se voir lui-même, des années auparavant, dans cette même pièce, face à son père. Puis la réalité de la pauvreté de Haddon Hall le frappa de plein fouet, tout comme sa grossièreté envers une femme qu'il avait remerciée à peine une minute plus tôt pour les bons soins apportés à sa sœur. Il passa une main crispée sur ses traits avant de la laisser retomber sur le bras de son fauteuil.

— Ce sera tout, mademoiselle Forester.

Lenore s'en alla, sans demander son reste. Ni la moindre excuse. Elle était certaine qu'elle n'en aurait pas, venant d'un personnage aussi amer. La colère la quitta sitôt le seuil franchi, mais pas le sentiment d'injustice face au reproche qu'elle venait d'essuyer.

Alors qu'elle atteignait le bas des marches, elle perçut soudain le rire de Lord Ashmore à travers la porte et les murs. C'était un rire puissant, haché et froid, qui lui perça l'âme et lui donna la chair de poule bien davantage que l'hiver mordant qui se dressait à leur porte.

Chapitre 4

La froideur du tombeau

Lord Ashmore fit exactement ce qu'il avait dit. Il contacta le notaire et organisa rapidement les funérailles. Lorsqu'il reçut confirmation du fait qu'il était bel et bien l'héritier de Haddon Hall, il marqua un temps d'arrêt, puis haussa les épaules. Il disparut pour le reste de la journée. Et la suivante. Lenore n'eut donc affaire qu'à son majordome, Chambers. Elle s'était attendue à l'un de ces ambitieux dont les dents rayaient le parquet, typiques de la capitale, mais avait été très surprise par la sobriété du domestique de Lord Ashmore. Loin de s'imposer, l'homme prenait le temps de s'entretenir avec elle et Mme Miranda. Il posait des questions pertinentes. Lenore lui fut reconnaissante de ne pas la bousculer. Elle nota également la délicatesse dont il faisait preuve avec le petit personnel, en ne se proclamant pas ouvertement leur supérieur, malgré la position qu'il occupait auprès du maître de maison. Aucun employé, par ailleurs, n'osa mettre en doute ses compétences, ni ne se moqua de son infirmité, soulignant bien là tout l'effet qu'il leur avait fait. Lenore vit dans sa façon de procéder une sagesse et une intelligence rares.

Elle comprit immédiatement que Chambers comptait obtenir le meilleur de la maisonnée pour son maître et qu'il avait merveilleusement saisi comment s'y prendre. C'était malin, et parfaitement inattaquable. Les quelques commis aux cuisines ainsi que les bonnes l'adulaient, et imitaient ses manières polies et zélées. Lorsqu'il s'adressait à elle, il utilisait toujours les termes les plus convenables, rappelant à tout le monde que Lenore était une personne éduquée, de bien meilleure condition qu'eux tous. Elle en aurait rougi tant elle avait perdu l'habitude de ce type de considération. La jeune femme de la gentry avait doucement été gommée par les années : Haddon Hall avait eu besoin qu'elle se retrousse les manches, et elle n'avait pas rechigné à la tâche.

Tout le château bruissait d'espoir avec le retour de Lord Ashmore et de son domestique si raffiné. Cependant, si Lenore appréciait que les choses se fassent en douceur, elle ne pouvait se résoudre à imiter ses habitants sur ce dernier point. Elle ne voyait pas en quoi le retour d'un homme têtu, austère, et au passé suffisamment sulfureux pour être connu de tout le comté avec certitude, pourrait les sauver de la misère. Tandis qu'elle finissait de boire son thé matinal, au chaud près du foyer bien garni, elle songea à ce qui l'attendrait si elle aussi décidait de quitter cette maison. Feu Lord Manners avait fait rédiger une lettre de recommandation élogieuse à son intention, au cas où elle souhaiterait s'en aller après sa mort. Lenore n'était pas stupide. Elle savait que ce simple papier lui ouvrirait les portes de n'importe quelle grande demeure du Derbyshire. Les parents l'accueilleraient à bras ouverts, à condition qu'elle se montre efficace avec leurs enfants, modeste, et point trop jolie pour ne pas rivaliser avec la dame des lieux. Lenore avait veillé à ne conserver dans sa garde-robe que des couleurs simples et quelque peu ternes, à cet effet. Pourtant, elle se refusait à utiliser la lettre et à abandonner Annabeth.

Elle ferma les yeux et se laissa aller contre sa chaise, attirant l'attention de la cuisinière, qui s'activait déjà pour le repas de midi. Mme Miranda ne pouvait pas se permettre de quitter ses fourneaux, même un jour comme aujourd'hui. Elle avait cependant passé sa robe la plus sombre, sur laquelle son brassard de crêpe noir ressortait, une robe assez semblable à celle qu'arborait Lenore. La seule différence entre leurs deux tenues venait du petit chapeau à voilette que la gouvernante portait. Elle avait longuement hésité avant de le sortir de son placard. Elle n'était pas tenue de porter le deuil de l'ancien comte de Rutland, n'appartenant qu'à son cercle lointain.

Toutefois, Lenore savait devoir beaucoup à la générosité de feu Lord Manners. C'était là une manière de lui rendre hommage et de respecter ses derniers vœux. Y employer un reste de son ancienne vie, qu'elle n'avait plus vu depuis sept ans, lui avait paru approprié. Et pour cause, le carton avec le chapeau était rangé bien au fond de son armoire et demeurait invisible à moins qu'elle ne se hisse sur la pointe des pieds. Ce qu'elle ne faisait jamais. Elle n'avait pas eu la force de regarder le portrait qui y était abandonné, cette fois encore.

Alors que Mme Miranda agitait sa cuillère en bois dans sa direction, Lenore joua avec le collier camouflé dans le col de sa robe. L'anneau était tiède. Elle se demanda si le diamant à son sommet l'était également, mais n'osa le toucher.

— Qu'est-ce qui te travaille comme ça, ma fille ? l'interrogea Mme Miranda.

Lenore la regarda par en dessous et croisa les bras.

— Lord Ashmore… on dirait que je suis la seule ici à me rappeler le portrait qu'on nous en a fait à la mort de monsieur.

Mme Miranda soupira et s'assit en face de la gouvernante. Elle se servit un bol de thé et le huma bruyamment.

— Rien ne vaut les saveurs du passé parfois, souffla la cuisinière.

Lenore lui jeta un regard noir et plaça son menton dans sa main.

— Vous parlez encore par énigmes ! rouspéta-t-elle.

La cuisinière ricana.

— Que voulez-vous qu'ils disent, tous ? Ils espèrent que les choses vont s'arranger, et peu leur importe si c'est le diable ou le petit Jésus qui leur permet de faire bouillir la marmite. Tant qu'il ne touche pas aux filles, personne ne dira rien. Haddon Hall est à l'abandon, ils sont pas nombreux ceux qui peuvent se permettre de faire la fine bouche !

— Je ne fais pas la fine bouche. Je tiendrai mon poste. Mais je m'inquiète pour Annabeth…, protesta Lenore.

Mme Miranda secoua la tête.

— Vous avez pas à vous en faire. Il va l'aimer, cette petite. J'en mets ma main au feu. Elle lui fera du bien, vous verrez…

Lenore ne répondit rien. Il était vrai que, lorsque Lord Ashmore avait parlé à sa sœur, il avait eu l'air transformé. Peut-être Lenore était-elle injuste parce qu'il s'était montré rustre avec elle ? Peut-être elle-même n'avait-elle pas été très accueillante, se reprocha-t-elle. Elle pinça les lèvres, examinant sa conduite. Elle aurait en effet pu paraître plus enthousiaste et ouverte. Mme Miranda but son bol d'une traite et se leva, faisant racler sa chaise sur le sol. Le bruit attira l'attention de Lenore.

— Il a des raisons d'être ainsi. Laissez-lui une chance, murmura la cuisinière en retournant à ses marmites.

Les bras de Lenore lui en tombèrent en entendant ces mots, qui contenaient plus d'aveux que ce que Mme Miranda en avait jamais dit au fil de ces longues années. Sans se retourner, la cuisinière ajouta :

— Vous savez ce que c'est d'avoir tout perdu, vous aussi.

L'estomac de Lenore se comprima. Oui, elle savait. Tout comme elle savait ce que c'était que de subir le courroux d'un père. La bague en haut de sa poitrine lui parut soudain chauffée à blanc. Lenore repoussa ses couverts et se leva, l'appétit coupé. Annabeth l'attendait, de toute façon.

Lorsque Annabeth s'agrippa de nouveau à sa robe, Lenore se crispa. Elle ne put s'empêcher de jeter un coup d'œil à Lord Ashmore, qui s'impatientait. Lenore essaya de rassembler son courage en se penchant vers son élève :

— Vous êtes en âge de comprendre, mademoiselle. Nous nous tiendrons à l'arrière du cortège. Seuls les hommes accompagneront le cercueil de votre père.

— Mais Trevor ne le connaissait pas comme moi ! protesta à nouveau la petite.

Lenore vit le nouveau maître des lieux se raidir à cette parole malheureuse. Le bruit sourd de ses pas sembla se répercuter dans tout le hall tandis qu'il les rejoignait. Lenore s'était attendue à ce qu'il fasse preuve de brutalité. Elle fut donc surprise de le voir poser doucement la main sur l'épaule d'Annabeth.

Elle espéra que Lord Ashmore ne se rendrait pas compte que la robe de sa sœur avait été rapiécée et qu'elle était trop courte de plusieurs centimètres. Ils avaient fait avec les moyens du bord.

— Ce sont là les règles de la bonne société, Annabeth, intervint Trevor. Rien ne dit qu'elles soient justes. Néanmoins, elles doivent être appliquées, jusqu'à notre chapelle. Vous conviendrez que la route ne sera pas longue…

Annabeth gigota un peu. Lenore reconnut là sa façon de faire quand elle se sentait honteuse. Il sembla bien naturel à la gouvernante que la demoiselle n'ait pas réalisé que la procession serait si brève : traverser la cour du château pour gagner la chapelle ne prendrait guère de temps. Ensuite, elle rejoindrait son frère sur les premiers bancs devant l'autel. Lorsque la cérémonie serait terminée, il faudrait retraverser la cour pour se rendre au cimetière familial, dans le même ordre. Lenore, quant à elle, se tiendrait au fond de la chapelle, s'il restait de la place. Au moment où Trevor se releva, il croisa le regard de la gouvernante et en profita pour lui transmettre les dernières consignes :

— Les domestiques pourront quitter la chapelle sitôt l'office terminé. Vous pourrez en faire de même, il est inutile de nous suivre.

— Mais ! protesta Lenore.

Lord Ashmore avait déjà fait volte-face, lorsqu'il entendit ce simple mot. Son chapeau entre les mains, il leva un sourcil à son intention. La similitude avec les protestations d'Annabeth quelques secondes plus tôt était on ne peut plus ironique. Lenore tâcha de garder contenance sous ses yeux inquisiteurs.

— Que monsieur me pardonne… j'ai déjà dit à la maisonnée qu'elle pourrait se rendre au cimetière.

— Et pourquoi vous être ainsi avancée, mademoiselle Forester ? demanda-t-il d'un ton sec et revêche.

— C'était la demande de votre père, monsieur… j'ai obéi à ses ordres.

— Billevesées ! Ils feront ce que je leur ordonne et c'est tout ! Quant à vous, je ne peux que vous engager à ne pas vous rendre dans ce lieu de désolation.

Lenore blêmit et s'écarta de sa jeune élève. Trevor la regarda faire. L'indignation qui dansait sur les traits de la gouvernante lui secoua le sang. À nouveau, il trouva sur le visage de Lenore cet air décidé et buté qui lui plaisait tant. Elle ferait décidément une adversaire coriace s'il s'agissait de démembrer ce château.

— Je ne pourrais manquer aux dernières volontés d'un mourant, monsieur…

Trevor la jaugea et un sourire mauvais naquit sur ses lèvres.

— Vous, peut-être pas, mais moi si. Rassurez-vous, mademoiselle Forester, Dieu me tiendra pour seul fautif de tout cela.

Sans attendre de réponse, il sortit. Non pas que la vue de cette marée de chapeaux sinistres le ravisse davantage que l'intérieur de Haddon Hall. Tout le

Derbyshire semblait s'être donné le mot pour venir, ce qui hérissait Trevor. Néanmoins, comme il venait de le dire à sa sœur, il y avait des choses auxquelles on ne pouvait déroger. Respecter le protocole de deuil en était une. En revanche, rien n'avait obligé Trevor à organiser la cérémonie somptueuse à laquelle tout le monde s'attendait. Les exclamations de surprise des invités lorsqu'ils se rendirent compte que l'hommage consistait en quelques prières vite énoncées devant de maigres cierges valaient leur pesant d'or. Le décorum n'aurait pas été plus simple si l'on avait enterré un paysan du coin. Au moins n'avait-il pas eu, en effet, à creuser lui-même le trou dans lequel on descendrait le cercueil. Trevor ne prit pas la peine de dire quoi que ce soit sur son père et, son frère Elwin étant toujours aux abonnés absents, ce furent les quelques larmes touchantes d'Annabeth qui attendrirent les cœurs.

Lenore guida la fillette de son mieux, essayant de ne pas être mortifiée par les regards outrés de la compagnie, ni par l'air surpris des domestiques quand elle leur demanda finalement de retourner au château, avec elle et Chambers à leur tête. La collation servie fut aussi chiche que la cérémonie, et Lenore suspecta Lord Ashmore de l'avoir fait exprès pour chasser au plus vite les importuns. Elle s'en satisfit, le froid de cette mi-novembre se révélait redoutable et il lui tardait de retourner à ses activités. Elle commença à s'inquiéter seulement quand elle ne vit revenir ni Annabeth ni le maître de maison. Elle interrogea Chambers, qui apparut aussi nerveux qu'elle lorsqu'elle le retrouva aux cuisines.

— Ce n'est pas dans les habitudes de monsieur d'être en retard, répondit le majordome. Néanmoins, aujourd'hui est un jour particulier…

— Certes, reconnut la jeune femme.

Elle le vit échanger un coup d'œil avec Mme Miranda, mais n'insista pas. Elle s'arrangea malgré tout pour ne pas quitter une fenêtre des yeux, où qu'elle soit dans la maison, afin d'être certaine de les voir revenir. Bien qu'elle eût prévenu Annabeth qu'elle ne rangerait plus ses affaires maintenant qu'elle n'était plus une enfant, elle ne put s'empêcher de passer la chambre au peigne fin et de tout remettre en place, pour s'occuper les mains et l'esprit. Lorsqu'une heure de plus sonna à la grande horloge du salon, Lenore perdit patience. Elle descendit les marches de l'escalier quatre à quatre, manquant de s'affaler sur le bois lisse. Elle atteignit la porte, qu'elle ouvrit à la volée, et franchit le perron, bien décidée à gagner le cimetière, quoi qu'on en dise. Elle n'eut heureusement pas besoin de faire tout ce chemin. Juste au bout de la cour, la silhouette élancée de Lord Ashmore se découpait sur les murs de pierres blanchis par le temps. Il tenait Annabeth entre ses bras. Lenore courut à leur rencontre, affolée. Derrière elle, elle entendit le gravier gelé voler et une autre série de pas irréguliers marteler le sol.

— Annabeth ! s'écria-t-elle en arrivant à sa hauteur.

La petite remua et tourna son visage vers elle. Ses yeux étaient rouges et gonflés, et il subsistait encore sur sa figure des traces du sommeil dans lequel sa tristesse l'avait plongée. Lenore se sentit soudain stupide et bafouilla copieusement.

— Ce n'est… Elle… Vous…

— Le chagrin et le froid l'ont épuisée. Elle est restée longtemps près de la tombe, expliqua Trevor en déposant sa sœur au sol.

Il avait du mal à détacher son regard du visage de Mlle Forester. La panique qu'il venait d'y lire l'avait ébranlé sans qu'il ne sache pourquoi. Il réalisa brusquement que Chambers venait de surgir près d'elle. Tandis que la gouvernante récupérait l'enfant, il remercia son majordome et lui assura que tout était en ordre. Il demanda à celui-ci de lui faire couler un bain revigorant. Annabeth renifla fort, tandis que Lenore lui rappelait de prendre son mouchoir.

— Pourrais-je sortir ce soir ? demanda-t-elle d'une petite voix.

Lenore ouvrit la bouche, mais se rappela soudain que, désormais, il y avait une autorité plus haut placée pour veiller sur sa protégée.

Le mouvement de ses lèvres n'échappa pas à Trevor, qui s'en amusa plus qu'autre chose. Quelle femme effrontée sous cette apparence lisse !

— Pour quoi faire, Annabeth ? Il va faire un froid polaire cette nuit, l'interrogea calmement Trevor.

— Je voudrais voir si père est bien au ciel… et quand il fait froid, on voit bien les étoiles. Alors, peut-être…, murmura la fillette.

Lenore se statufia aussi sûrement que le reste de l'assemblée. Elle observa le visage de marbre de Lord Ashmore, juste à temps pour voir un éclat de rage s'éteindre dans ses yeux de glace. Elle avisa son large front soudain plissé et ses sourcils furieusement incurvés. Il luttait clairement pour ne pas laisser échapper, devant sa sœur, une parole inadéquate.

— Si votre frère y consent, je vous montrerai la Grande Ourse et vous pourrez lui donner un message pour lui. Les vivants ne peuvent malheureusement plus voir les morts, Annabeth. C'est pour cela que nous prions, et nous recueillons sur leurs tombes. Les mots et les pensées volent jusqu'à eux. Mais nos yeux de mortels sont incapables de percer les voiles divins qui les abritent, souffla Lenore.

Trevor sursauta à ces mots, mais fut reconnaissant à la gouvernante de sa diversion. Il aurait été bien incapable, à ce moment-là, de pouvoir dire un mot gentil sur son père. L'idée qu'il soit au Paradis lui était insoutenable. Pas alors qu'il avait damné la seule femme que Trevor ait jamais aimée. Lorsque ce dernier répondit, ce fut d'une voix rendue rauque par l'émotion :

— Vous irez voir la Grande Ourse ce soir, c'est entendu. Couvrez-vous convenablement. Je ne veux pas d'une petite fille malade demain !

Un air de reconnaissance pure se peignit sur les traits brouillés de la demoiselle, ce qui bouleversa d'autant plus Trevor. Il la regarda s'éloigner, devisant avec la gouvernante. Ce tableau avait quelque chose de familier et de rassurant. L'espace d'une poignée de secondes, Trevor imagina une silhouette blonde et rieuse aux côtés d'Annabeth. Celle d'Alicia, leur mère, qui avait tant de projets pour ce nouveau-né. Mlle Forester avait-elle eu, d'une façon ou d'une autre, connaissance des désirs de sa mère ? Était-elle juste une femme avisée ? Accomplie, comme on le disait à Londres. La présence de Chambers, toujours près de lui dans la cour, lui interdit de se poser davantage de questions. Trevor savait devoir répondre à ses devoirs d'héritier de Haddon Hall, au moins pour quelques heures. Il regagna ses appartements, pensif. Quand il découvrit la tasse de thé fumé qui l'y attendait, il remercia intérieurement son majordome tout autant qu'il le maudit. Ainsi, il avait bel et bien l'air préoccupé. Chambers connaissait ses plus petites habitudes. Or, le thé avait toujours été un moyen, pour Trevor, de rythmer ses journées et d'apaiser ses pensées. Le type du breuvage, ainsi que son temps d'infusion, aurait pu en apprendre beaucoup à ses visiteurs au sujet de ses préoccupations s'ils y avaient prêté un peu d'attention.

Trevor contempla les murs bleus d'un regard vide. Cette chambre, qui jouxtait celle de sa mère, avait été autrefois une chambre d'amis. Elle était confortable, mais sans âme. Peut-être pouvait-on en dire autant de lui ? Avec nervosité, il abandonna son chapeau crêpé sur le lit et défit sa cravate. Haddon Hall usait ses nerfs, aussi sûrement que l'affection d'Annabeth ébranlait ses décisions. Pour la première fois depuis longtemps, Trevor reconnut qu'il aurait eu besoin d'aide. Il fit donc la seule chose qui lui était possible : il gagna la chambre voisine. Le lit était toujours au même endroit, de même que le chevet, la coiffeuse et le secrétaire en merisier. Les meubles étaient voilés, comme si leur propriétaire s'était absentée. Mais Trevor savait qu'Alicia Ashmore ne reviendrait plus ici. Hypnotisé par ces voiles funèbres, il passa ses longs doigts sur le tissu, et l'arracha brutalement. Il se fit face dans le miroir de la coiffeuse, dont l'étain avait commencé à craqueler et à se tacher. Trevor ne se reconnut pas. Ses yeux bleus étaient écarquillés à l'extrême. Sa poitrine se soulevait trop vite. Il sentit sa peau devenir moite tandis qu'il eut l'impression que les murs se refermaient sur lui.

Il se laissa choir sur le lit, la tête entre les mains.

Il pouvait transmettre son héritage à Elwin et quitter cette demeure à jamais. Mais, ce faisant, il emmurerait totalement sa sœur. Car, si Elwin ne l'avait pas prise avec lui depuis tout ce temps, il ne le ferait jamais. Il pouvait aussi changer ses plans, pour Annabeth, et décider de rester. La fortune des Manners avait certes diminué, mais la sienne compenserait largement. Il pouvait aussi tout quitter, et prendre Annabeth avec lui, à Londres. Ainsi, il vouerait Haddon Hall aux chardons de l'oubli. Qu'y avait-il à sauver dans cette maison de toute manière ? Et pourquoi le ferait-il, quand il s'était employé à détruire tout ce que son père avait désiré pour lui ? Les diplômes que Trevor avait obtenus dans de prestigieuses écoles dormaient dans des tiroirs perdus. La gestion du domaine avait été laissée à d'autres. Il avait tant essayé de ne plus être Trevor Manners, futur lord, futur comte de Rutland. À voir où il se trouvait aujourd'hui, c'était un grand coup d'épée dans l'eau. Seigneur, qu'il était risible !

Avec l'énergie du désespoir, Trevor se redressa et contempla les années de poussière qui s'étalaient sous ses yeux. Machinalement, son regard tomba sur la fenêtre, et les parterres en dessous. Les rosiers qu'aimait tant sa mère y poussaient toujours, bien qu'ils fussent racornis par la saison. Abigaïl les avait aimées aussi, ces fleurs. Impossible de dire combien de temps il resta là à les fixer et à chercher à ressusciter les fantômes du passé, mais, soudain, un pan de robe se glissa entre les plantes. Avec surprise, Trevor reconnut la gouvernante, emmitouflée dans ce qui ressemblait à une couverture en laine épaisse, éclairée par une lanterne. Il réalisa alors qu'il faisait nuit. Il s'accouda à la fenêtre, qu'il entrebâilla, poursuivant cette silhouette gracile, accompagnée de celle de sa sœur, dont seul le nez dépassait d'un chapeau et d'une écharpe fourrés. Annabeth se coucha dans le giron de la jeune femme et suivit attentivement l'index qu'elle avait levé vers le ciel. Sans pouvoir les entendre, Trevor devina qu'elle lui parlait des étoiles. Cette vision, aussi poignante que charmante, lui fit prendre une résolution à laquelle il ne s'était pas attendu. Il pouvait aussi laisser Haddon Hall à Annabeth. L'entretenir, jusqu'à ce qu'elle soit en âge de l'administrer, et d'y vivre heureuse, sans tenir compte des fantômes du passé. Loin de lui, et des limbes qui le hantaient et consumaient son corps.

Après avoir doucement refermé la fenêtre, dont le cadre grinçait quelque peu, Trevor regagna sa chambre d'un pas décidé. Il attrapa une liasse de papiers et une plume, puis il sonna Chambers pour qu'on lui apporte de l'encre violette. En temps normal, il n'aurait pas pris cette peine, puisqu'il ne comptait pas porter le deuil de son père. Mais, il écrivait pour Annabeth. Sans aller jusqu'à l'encre noire, la violette lui parut acceptable et compréhensible pour ses interlocuteurs. Le deuil serait raccourci du fait de la brouille du père et du fils, toutefois les convenances seraient sauves. Avec un peu de chance, et l'appui de Mlle Forester, Annabeth aussi.

Les yeux noisette et les joues empourprées de la gouvernante dansèrent dans l'esprit de Trevor. Il lui faudrait gagner la confiance de cette femme, pour bien faire. Voilà qui promettait de n'être pas une mince affaire.

Chapitre 5

Incident diplomatique

La semaine suivante, Lenore vit débarquer tout un contingent de nouvelles têtes bourdonnantes. Elle n'en crut pas ses yeux. Bonnets et livrées s'égayaient dans les couloirs du château au point de lui donner le tournis. Elle s'était employée à s'occuper de son élève et à raser les murs pour rencontrer le moins possible Lord Ashmore. Bien sûr, elle avait conscience que c'était un peu ridicule, mais la façon dont elle gardait en mémoire les inflexions de sa voix ou le bleu de ses yeux la mettait en alerte. Elle savait cette sorte de fascination dangereuse pour son esprit. Et davantage.

Alors qu'elle descendait dans les jardins avec Annabeth pour une leçon de botanique tardive, elle se plaqua contre l'un des murs pour laisser passer un troupeau d'inconnus. Elle réalisa alors que la pierre n'était pas aussi froide qu'à l'accoutumée. Des feux de cheminée avaient été allumés un peu partout et leur douce tiédeur commençait à réchauffer les entrailles de la vieille demeure. Une main sur le ventre, perplexe, la gouvernante essaya de reprendre contenance. À ses côtés, la fillette semblait tout aussi estomaquée qu'elle.

— Fermez la bouche, Annabeth. Une femme bien éduquée ne saurait ressembler à un poisson rouge.

Annabeth obéit d'autant plus facilement qu'elle aperçut son frère dans le hall d'entrée. Elle se précipita vers lui et fit une révérence rapide avant de l'apostropher.

— Mon frère, quel est cet attroupement ? Attendons-nous du monde ?

Lenore rejoignit rapidement la demoiselle. Les yeux de l'enfant brillaient de curiosité, mais Lenore aurait été mal avisée de le lui reprocher. Elle-même devait bien admettre qu'elle désirait savoir de quoi il retournait. Elle manqua le début de réponse de Lord Ashmore lorsqu'elle dut se décaler brutalement sur la droite pour laisser passer deux hommes portant un sofa tapissé d'une soie rayée de vert. Ses jupes en main, Lenore regarda l'objet traverser le hall. Ce fut le rire d'Annabeth qui la ramena sur terre :

— Une femme bien éduquée ne saurait ressembler à un poisson rouge, répéta-t-elle à son intention, hilare.

Lenore sentit ses joues prendre feu, mais reconnut de bonne grâce qu'elle n'était pas plus digne qu'Annabeth quelques instants plus tôt. Elle vit Lord Ashmore sourciller, mais ne se résolut pas à reprocher une quelconque forme d'insolence à son élève. Elle releva donc le menton et la regarda en coin :

— Ma taille est peu adaptée à un poisson rouge, voyons !

— Qu'êtes-vous alors ? s'enquit Annabeth.

— Une anguille, répondit soudain Trevor, dans un souffle mystérieux.

Lenore pivota vers lui. Son expression était prudente, ne sachant pas s'il avait cherché à l'insulter ou non. Un sourire ourla les lèvres du maître des lieux tandis qu'il prenait sa sœur par l'épaule pour lui murmurer, sans discrétion aucune :

— Ces poissons-là sont les plus vifs et difficiles à attraper. Ils sont intelligents.

Et visqueux, mais Lenore se garda bien de le préciser. Elle avait une fois, à Londres, admiré des carpes aux couleurs chatoyantes, et aurait nettement préféré être cette créature-là. Le ventre blanc et mou des anguilles n'avait rien de très attrayant. Cependant, elle devait être réaliste : aucun homme sensé ne verrait en elle autre chose qu'une pâle créature.

— J'ignorais que monsieur était féru en matière de pêche, lui répondit-elle d'un ton circonspect.

— Guère plus qu'en matière de chasse. Mais j'ai de beaux restes de mes leçons… Voilà pourquoi, Annabeth, il ne faut pas négliger les tiennes. Qu'aviez-vous prévu ?

— Lenore m'emmenait au jardin, pour une leçon de botanique.

Trevor jaugea la gouvernante. Il était un peu déçu qu'elle n'ait pas rebondi sur sa petite pique. Au moins avait-il espéré se faire qualifier de requin. Le fait que la jeune femme soit restée impassible le contrariait. Elle portait à nouveau une robe à manches longues, sobre, et dans des tons ocre qui ravivaient sa chevelure châtaine. Il se satisfit de voir que le brassard de deuil s'était volatilisé. Lui-même y avait renoncé tant qu'il ne sortait pas, et avait dispensé Annabeth de se vêtir de noir de la tête aux pieds. Elle avait certes atteint l'âge où elle pouvait porter le deuil, mais il trouvait cela parfaitement inutile. Elle avait néanmoins tenu à se vêtir de teintes sombres quelque temps. Trevor ne doutait pas que son affliction serait rapidement balayée par l'impétuosité de la jeunesse, et par les bons soins qu'il lui apporterait. Il ne doutait pas non plus qu'Annabeth aimât leur père, bien qu'il comptât sur un bourdonnement d'activités et de nouveautés pour l'empêcher de se morfondre, et de pleurer un vieillard qui l'avait maintenue prisonnière sans qu'elle ne s'en rende compte.

Trevor avisa soudain les gants de cuir usés qui recouvraient les paumes de la gouvernante et en conclut que la leçon serait pratique. Il ne put s'empêcher de remarquer qu'elle avait des doigts fins et délicats. Que Mlle Forester ne rechigne pas à mettre les mains dans la terre ne l'étonnait pas. Il soupçonnait cette femme d'être capable de dépecer un animal s'il l'avait fallu, quand les coquettes de la capitale se seraient évanouies à la simple vue d'une souris desséchée. Cependant, il se demandait ce qu'elle pouvait bien trouver d'intéressant dehors, en plein hiver. D'autant qu'il n'avait pas souvenir que la botanique ait été au programme qu'elle lui avait annoncé à son arrivée…

— Vous n'avez pas répondu à ma question, lança soudain Annabeth, boudeuse, attirant à nouveau l'attention de Trevor.

— Mais si, je fais en sorte que vous ne négligiez pas vos études… Pour cela, nous avons besoin de davantage de domestiques ici pour entretenir les pièces et vous permettre de circuler comme bon vous semble. Dès demain, vous bénéficierez également d'un professeur de langues et de maintien.

Annabeth sautilla de joie, avant de se reprendre quelque peu et de remercier chaleureusement son frère. La fillette avait uniquement retenu qu'elle pourrait parler des langues étrangères, mais Lenore préféra ne pas intervenir. Elle se mordit les lèvres pour s'empêcher de laisser passer la pique vexée qui courait déjà sur sa langue. Ces leçons de maintien seraient parfaitement inutiles : faire tenir un livre sur sa tête et mettre un pied devant l'autre n'avait rien de sorcier. Cela ne suffit pas à la rendre aussi invisible qu'elle l'avait espéré. Le regard perçant du maître des lieux se posa à nouveau sur elle, lui arrachant un frisson.

— Mademoiselle Forester, j'attends que vous me dressiez une liste complète des outils dont vous aurez désormais besoin. Et des tenues qu'il faut à Annabeth. Ainsi qu'à vous. Ne regardez pas à la dépense.

— Mais, monsieur…, protesta Lenore.

— Vous continuerez vos leçons habituelles, bien sûr, et puisque vous semblez vous y entendre en piano, je vous charge officiellement d'ajouter cette compétence aux cordes d'Annabeth, poursuivit Trevor comme si de rien n'était.

Avec un clin d'œil à la fillette, il les planta là, pour aboyer des ordres aux domestiques qui venaient de déposer le sofa dans une pièce en haut du grand escalier. Lenore avala difficilement sa salive. Avait-elle bien entendu ? Il comptait non seulement dépenser pour remettre à flot Haddon Hall, et la garde-robe de sa sœur, mais aussi la sienne ? C'était totalement déplacé. On lui avait déjà fourni plusieurs chemises et tabliers à son arrivée. Sans compter que ses robes étaient encore en bon état. Et tout cela, sans remettre en question ses gages, alors qu'il était évident que ce nouveau professeur était là pour pallier ses lacunes. Cependant, Lenore se plia à la demande de Lord Ashmore de son mieux. Cela fut d'autant plus facile que le temps lui donna raison : les leçons de maintien ne durèrent pas plus d'une semaine. Mais les leçons de langues s'avérèrent utiles : cela allégea sa conscience car elle se savait relativement ignorante en français et un peu rouillée en italien.

Le défilé incessant de tapissiers, charpentiers, vendeurs de meubles et de couturières lui fit bientôt reconnaître que Lord Ashmore avait pris tout un tas de résolutions pour tenir parole. Jamais Lenore n'avait connu un tel luxe et il lui sembla que le château retrouvait ses couleurs en un rien de temps. Sa chambre eut également droit à une rénovation complète, qui la laissa pantoise. Elle prit un plaisir immense à caresser les couvertures épaisses qui couvraient désormais son lit et à admirer le paravent en bois sombre qui lui permettrait de s'habiller en toute quiétude. Même sa bassine en émail avait été remplacée par une neuve.

Lord Ashmore faisait preuve de beaucoup de déférence à l'égard de sa sœur et de toute la maisonnée. Cela valut à Lenore un regard lourd de sens de la part de Mme Miranda. La cuisinière se garda bien de lui lancer un : « Je vous l'avais dit », mais ce fut tout comme.

Le maître des lieux insista également pour que la gouvernante, qui avait la précieuse charge de sa sœur, soit aussi présentable qu'elle. Lenore en conçut un doute affreux : essayait-il de l'acheter ? Ou tentait-il de rattraper ainsi des années d'abandon ? Pire, essayait-il de lui être agréable, et si oui, pourquoi cela ? Elle se garda bien de rétorquer qu'elle était déjà présentable, mais la façon dont elle refusa les dentelles et fanfreluches fut suffisamment claire pour arracher un ricanement à Lord Ashmore. Elle eut cependant un pincement au cœur en repoussant une étole en fourrure sublime. De la zibeline, dont le pelage foncé captait la lumière de façon hypnotisante.

— Aussi économe qu'un écureuil, se moqua Trevor lorsqu'elle congédia la couturière sans plus de manières.

La réflexion mordit Lenore, qui ne put retenir sa langue cette fois-ci.

— C'est une créature que l'on dit avisée. Le compliment me sied. D'abord l'anguille, à présent l'écureuil. Monsieur lirait-il des encyclopédies ou des bestiaires ?

— Nullement. Les fables m'amusent davantage ! répliqua-t-il espièglement.

— « Quiconque est Loup agisse en Loup ; c'est le plus certain de beaucoup », récita sagement Lenore dans un français mâtiné d'accent anglais.

La réflexion fit sursauter Trevor avant qu'il ne s'incline devant la gouvernante pour saluer ses connaissances – à sa manière, du moins – et son choix de mots fort à propos. Oui, il était un loup ici. Et il commençait à avoir une idée de sa nouvelle proie :

— Un choix avisé, en effet… cependant il faudrait travailler votre langue, mademoiselle Forester. Si elle est aussi habile que votre esprit, elle traîne encore sur les voyelles !

Le regard qu'il avait posé sur elle, balayant tout son corps, avait paralysé Lenore. Nerveusement, elle passa sa langue sur ses lèvres, qui lui semblaient brutalement sèches. Quelque chose dans la phrase du maître de maison la mit mal à l'aise, sans qu'elle ne parvienne à mettre le doigt dessus.

Les paupières de Lord Ashmore se plissèrent à ce geste. La jeune femme se raidit, puis opina, estimant que la remarque était juste et qu'il serait fort imprudent de permettre à un tel homme d'ajouter quoi que ce soit. Qui plus est, elle devait bien reconnaître que le temps lui avait manqué pour pratiquer les langues, plus jeune. Le latin et le grec étaient désormais trop lointains et inutilisés. Comme beaucoup de ces choses qu'on lui avait inculquées en espérant faire d'elle une bonne épouse. Un rire qu'elle redoutait tout autant qu'elle le chérissait, lui revint en mémoire. Celui d'un temps plus insouciant, où elle n'avait pas dû gagner de quoi entretenir sa famille.

L'aigreur qui déforma brutalement les traits de la jeune femme surprit Trevor, tout comme le voile qui passa dans son regard habituellement si chaud. Avec stupeur, il entraperçut sur le visage de la gouvernante la même blessure que celle qu'il portait lui-même au cœur : une fêlure de l'âme. Il ne s'était pas interrogé sur la présence de Lenore Forester au château, et cela lui sembla soudain une grossière erreur, qu'il comptait bien réparer. Quelle jeune femme de bonne famille prenait plaisir à devenir gouvernante, loin de chez elle, pour gagner un maigre pécule ? Bien peu, il en était certain.

Il en eut partiellement l'occasion lors d'une promenade en compagnie d'Annabeth. La petite avait réussi à lui arracher la promesse d'un moment avec lui malgré le froid et l'humidité qui ne le réjouissaient guère. Elle s'était employée à se conduire dignement, à énumérer les limites du domaine, ou le nom des plantes. Cela les avait-il au moins réchauffés quelque peu. Trevor avait ainsi appris que le cours de botanique avait notamment consisté à dégager l'osmanthe[1] des bruyères d'hiver et à les croquer au fusain. Il fut touché par les efforts qu'elle déployait pour se rapprocher de lui. Malgré tout, il ne pouvait s'empêcher de maintenir une certaine distance avec sa sœur. Il se refusait à aborder des sujets personnels, par peur de s'attacher à elle. Ce fut donc avec une certaine gêne qu'il se résolut à l'interroger sur la gouvernante :

— Mlle Forester semble beaucoup vous apprécier… Et vous ?

Annabeth réfléchit un instant, ses sourcils, semblables à deux virgules, se fronçant joliment sous la concentration.

— Oh oui ! Grandement ! J'espère être aussi jolie et savante qu'elle un jour, répondit Annabeth avec conviction.

1. Petit arbuste cousin du houx, aux fleurs blanches.

Le terme fit sursauter Trevor. « Jolie » ? Lenore Forester était assurément plus que ça. Ses cheveux châtains devaient cascader merveilleusement dans son dos, contrastant sur sa peau laiteuse, qui rougissait si facilement. La simple idée de la contempler ainsi échauffa les sens de Trevor. La petite voix de sa sœur le ramena heureusement sur terre.

— Vous savez, j'ai l'impression qu'elle est là depuis toujours, et parfois...

Soudain, la fillette se tut. Trevor baissa les yeux vers elle, notant qu'elle venait de s'arrêter de marcher. Il lui sembla qu'elle se tordait les mains à travers son petit manchon de fourrure.

— Qui y a-t-il ?

— Rien... j'allais dire quelque chose de très mal...

Trevor s'étonna de l'ombre qui couvrait le visage de sa sœur. Il n'était pas familier des caprices d'enfants ni de leurs pleurs et la situation l'alarma plus que de raison. Il sentit son souffle se bloquer dans sa cage thoracique, retenu par l'angoisse de ce qu'allait dire Annabeth. Voyant qu'elle restait prostrée, il fit un effort pour desserrer ses propres mâchoires et l'encourager, timidement :

— Rien de ce que vous pourrez dire ne me choquera, Annabeth. Mlle Forester s'est-elle mal conduite ? demanda-t-il, soudain suspicieux.

— Pas du tout ! s'exclama la demoiselle. C'est moi ! Parfois... parfois je pense à elle comme si elle était ma mère. Je sais bien que c'est faux ! Mais...

Trevor accusa le coup. Penser à Alicia Ashmore était une torture, et songer qu'Annabeth n'avait pas le bonheur de l'avoir connue était un supplice. Néanmoins, la réflexion de l'enfant n'était pas conçue pour le mettre mal à l'aise. C'était simplement un aveu candide. Par ailleurs, comment lui en vouloir ? Incapable pourtant de la toucher, ou de la prendre dans ses bras bien qu'il sentît que c'était ce qu'il fallait faire, il s'arrêta à son tour et se tourna vers elle.

— A-t-elle fait quelque chose de particulier pour cela ? l'interrogea-t-il.

La fillette réfléchit brièvement, sans saisir ce que son frère voulait vraiment dire. La réponse qu'elle donna éclaira suffisamment Trevor pour qu'il comprenne qu'il n'y avait eu aucune manipulation.

— Non. Mais elle est là quand j'ai besoin d'elle. Elle me parle de tout. Je sais qu'elle est ici pour s'occuper de moi, que c'est son travail. Mais… je ne crois pas qu'elle me voie comme ça.

Trevor soupira lourdement en laissant son regard se perdre dans les nuages.

— Dans ce cas, vous n'avez rien fait de mal, Annabeth. Dans votre malchance, vous avez rencontré quelqu'un qui croit en vous et qui s'inquiète pour vous. C'est une chose précieuse. Cela ne m'est arrivé que peu de fois. Mais n'accordez pas votre confiance aussi aisément. Pas plus à moi qu'aux nouveaux venus à Haddon Hall.

La petite sursauta à ces mots et en bégaya.

— Vous êtes mon frère…, murmura-t-elle.

— Et vous ma sœur. Pourtant, jamais, avant ces derniers jours, je ne me suis soucié de vous, n'est-ce pas ?

Annabeth en perdit son sang-froid tant cette vérité était bouleversante et criante d'exactitude. Elle se planta au milieu du sentier, les larmes lui montant aux yeux. Elle les chassa vivement, refusant de donner raison à son frère. Elle s'obstinait à lui faire confiance.

— Vous étiez très occupé à Londres. Comme Elwin en France. N'est-ce pas ?

Sa douce voix était agitée par des trémolos qui broyèrent le cœur de Trevor. Il se reprocha sa violence envers Annabeth, mais estima la leçon nécessaire. La vie, en dehors de ces murs, n'était pas un endroit plaisant. Il fallait qu'elle s'y prépare. Il ne répondit donc rien. Comprenant parfaitement le sens de ce silence, Annabeth lâcha son manchon avec rage, attrapa vivement le tissu de sa robe et rebroussa chemin en courant. Trevor la laissa faire, supposant qu'elle rentrerait.

Lorsqu'il fut évident, quelques heures plus tard, que personne n'avait vu la petite, il sentit une sueur glacée recouvrir son corps. Il fit le tour du domaine avec les domestiques, criant son prénom à pleins poumons. Bientôt, une idée sournoise, et plus terrible que le froid, se nicha dans son cerveau, et son estomac se tordit d'appréhension. La peur le consuma tandis qu'il se ruait jusqu'à la rivière Wye, qui serpentait en bas du domaine. Il se jeta dans l'eau glaciale, qui lui donna l'impression qu'on enfonçait des aiguilles dans ses jambes. Le froid était étonnamment brûlant, anesthésiant petit à petit ses membres. Sans faire attention à la douleur, il écarta les herbes et joncs raidis par le gel, tout en priant pour ne pas apercevoir un petit corps flottant non loin. Un froissement, suivi d'un roulis de graviers, attira son attention, et il se retourna, tombant nez à nez avec la gouvernante, au bord de la berge. Elle se retenait à une branche basse, comme si elle avait glissé et failli tomber. Elle avait le souffle court, les joues et le bout du nez roses. Plusieurs mèches folles châtains s'échappaient de sa coiffure, signe qu'elle avait couru.

— Monsieur, on l'a retrouvée, elle va bien ! lui dit-elle tout de suite.

Trevor sentit ses jambes flancher. Il zigzagua jusqu'à la rive et s'y laissa tomber, ignorant les pierres aiguës qui lui rentraient dans les paumes et les genoux. Il repoussa les boucles couleur miel qui lui brouillaient la vue. À moitié gelé et trempé, il devait avoir piètre allure.

— Où était-elle ? croassa-t-il.

— Dans le cellier, cachée près des biscuits. Qu'elle a généreusement grignotés…, répondit Lenore avec un soulagement perceptible.

Son regard de biche se posa sur lui, puis sur l'eau

clapotante. Il sut qu'elle avait compris ce qu'il avait redouté dès qu'il croisa ses yeux si intelligents.

— Ce ne serait pas la première fois qu'un corps est repêché ici…, expliqua-t-il sans pouvoir la regarder davantage.

Lenore accusa le coup, troublée par ces paroles. Qui donc… ? Elle préféra laisser là sa question, par trop intrusive.

— Annabeth ne vient jamais par ici. Elle a la phobie des grenouilles, lâcha la gouvernante.

— La phobie des… ? répéta Trevor, incrédule, en basculant vivement vers elle.

Il se laissa choir sur son postérieur. Puis, il éclata de rire, renversant la tête en arrière sous le coup de l'émotion. C'était un son très différent de celui que Lenore avait déjà entendu. Cette fois, il se moquait de lui-même et de sa peur devenue soudainement irraisonnée. Elle ne put s'empêcher de regarder cette gorge offerte, au milieu de laquelle une pomme d'Adam puissante tressautait. Lenore s'avança un peu plus. Quand elle lui tendit respectueusement la main pour l'aider à se relever, Trevor la saisit. Il se remit sur ses jambes, qui lui parurent soudain très faibles. Ils remontèrent vers l'entrée principale, côte à côte, sans un mot. Plus ils approchaient de la demeure, plus l'air entre eux s'alourdissait. Trevor s'arrêta juste en bas des marches du château.

— C'est ma faute, j'en ai peur…, confessa-t-il.

— La première chose qu'Annabeth a demandée était de savoir si vous étiez encore fâché.

La réponse était habilement détournée mais, malgré tous ses efforts, le visage de Lenore avait quelque chose d'accusateur. Sans doute le pli, à la commissure de ses lèvres pincées. Elle le dévisageait sans gêne, sans pudeur. Trevor lui rendit son regard, désarmé.

— C'est vous qui l'avez retrouvée ? demanda-t-il enfin.

— Non, c'est Chambers. Il a entendu un bruit ténu non loin des cuisines et il est allé vérifier. C'était le bruit des portes des placards : elles grincent. Il m'a aussitôt envoyée quérir et j'ai accouru pour vous chercher.

Chambers… Ainsi, il avait de nouveau pu compter sur l'efficacité du vieux domestique. Même de ça, il n'avait pas été capable : retrouver sa sœur, qu'il avait lui-même mise en danger. Comme toutes les femmes qu'il avait fréquentées. Cette pensée le mit en rage et Trevor détourna le regard.

— Je ne suis pas doué pour tout ça, lâcha-t-il d'une voix rauque.

— Les enfants ? fit Lenore, surprise.

Trevor ricana et désigna le château du doigt.

— Certainement, mais je parlais de Haddon Hall !

— Rome ne s'est pas construite en un jour…, répondit sobrement Lenore, gardant ainsi soigneusement son opinion pour elle.

— Ce n'est que de la poudre aux yeux..., poursuivit Trevor, comme s'il ne l'avait pas entendue.

Soudain, il bifurqua, semblant chercher à gagner une autre entrée. L'idée terrifia Lenore, qui fit un pas dans sa direction. Si elle rentrait sans Lord Ashmore, elle savait que son élève le vivrait extrêmement mal.

— Annabeth vous attend, monsieur, lui rappela-t-elle.

Elle leva une main, comme pour le retenir, mais s'en abstint, naturellement. Les yeux foudroyants de Trevor se posèrent sur elle, et Lenore reconnut l'intensité colérique qu'ils contenaient. La même que lorsqu'il était apparu, des jours plus tôt, au domaine.

— Vous ferez aussi bien l'affaire, mademoiselle Forester !

— Pardonnez mon insolence, monsieur, mais c'est de son frère dont elle a le plus besoin présentement...

Le maître de maison serra les dents, crispant sa mâchoire. Cela fit ressortir son menton dans l'éclat du soir, dessinant son profil à la serpe. Un spectre n'aurait pas été plus effrayant et fascinant.

— Ainsi, vous avez certainement des frères et sœurs, mademoiselle Forester, pour vous permettre de prodiguer de si mièvres conseils ? demanda-t-il d'un ton acide.

— J'avais une sœur, en effet..., avoua Lenore, après un bref silence.

La réponse fit l'effet d'une gifle à Trevor au point qu'il en oublia l'insolence de la gouvernante.

— Avait ? répéta-t-il.

La jeune femme lui tourna le dos, gravissant les quelques marches qui la séparaient de l'entrée.

— Elle est décédée il y a des années… La tuberculose.

Elle se retourna finalement, avisant le maître de maison qui n'avait pas bougé. Elle le surplombait ainsi, sans faillir. Trevor lui trouva un air de déesse de la Victoire. Le soleil achevait sa dernière course, projetant des éclats flamboyants dans sa chevelure. Ses yeux brillaient. Elle était magnifique et implacable. Il laissa son regard errer sur elle, puis sur la bâtisse familiale, avec plus de réticence.

La crainte se lisait dans les prunelles azur de Trevor. Lenore ignorait s'il avait peur de lui-même, de l'ombre paternelle qui planait encore sur le château, ou bien de la réaction d'Annabeth. Elle ne prit pas la liberté de le lui demander, espérant que Lord Ashmore trouverait une oreille attentive en la personne de son majordome. La relation qui s'était tissée entre les deux hommes leur était apparue à tous. Ce n'était sans doute pas pour rien que le majordome avait su amadouer la sœur, après avoir dompté le frère.

— Mais certes, monsieur, ce n'est là que l'avis d'une gouvernante, ajouta Lenore avec fatalisme.

Elle n'était, après tout, qu'une jeune femme de petite condition comparée à lui. Son éducation, bien que soignée, n'en faisait pas l'égale d'un lord, quand bien même sa famille avait-elle appartenu à la gentry.

Trevor se tut, méditant ces paroles. Il retrouvait parfois dans les inflexions de Mlle Forester l'honnêteté et la liberté d'esprit de Chambers. Les lèvres pincées, pâle et les narines frémissantes, il céda et finit par gravir les marches.

Trevor avait parfaitement conscience qu'il venait de faire l'opposé de ce qu'il s'était promis : gagner la confiance de la gouvernante, pour mettre sa sœur à l'abri du besoin. Mais il n'avait pas pu s'en empêcher. La naïveté d'Annabeth l'avait mis à mal, lui rappelant la sienne et les funestes conséquences qui en avaient résulté. Il se sentait honteux et stupide. Le simple fait d'avoir accouru au bord de l'eau, comme par réflexe, l'ulcérait. Cela montrait bien à quel point ses blessures étaient encore vives. Même s'il avait voulu bien faire, il se savait désormais incapable d'y parvenir. Lenore Forester lui serait indispensable. Il avait tout intérêt à faire amende honorable. Ravalant sa colère contre son impuissance, il avança vers elle. Son regard fut attiré par un éclat au niveau du col de la jeune femme. Lorsqu'il parvint à sa hauteur, il aperçut une chaîne dorée retenant un solitaire. Une bague de fiançailles. La gouvernante était donc engagée ? Si oui, que faisait-elle ici ? Et auprès de qui, grand Dieu ? Il s'était attendu à un crucifix, et cela le stoppa net, lui renvoyant à nouveau la question qu'il s'était posée un peu plus tôt : qui était Mlle Forester au juste ?

Chapitre 6

Un air de fête

Les jours qui suivirent furent étranges. Une atmosphère cotonneuse semblait flotter sur Haddon Hall. Le frère et la sœur, réconciliés, marchaient sur des œufs ; Chambers et Lenore orchestraient un ballet subtil, accompagnant l'un et l'autre, encourageant le moindre geste de connivence. Malgré l'air parfaitement neutre du majordome, Lenore avait appris à déceler une étincelle dans son regard lorsqu'il s'agaçait de l'attitude de son maître. Comme à cet instant, alors que Lord Ashmore regardait depuis vingt minutes les deux mêmes gravures, incapable de se décider quant à celle qu'il souhaitait offrir à Annabeth pour sa chambre. Il avait l'air extrêmement sérieux : les sourcils froncés, le menton dans la main, rien ne semblait pouvoir l'atteindre. La demoiselle avait adopté la même attitude, examinant les dessins comme si sa vie entière en dépendait.

Lenore se hissa sur la pointe des pieds et réprima un éclat de rire devant le spectacle. La première image représentait un renard et un coq ; la seconde, un renard et un corbeau. Autrement dit, c'était bonnet blanc et blanc bonnet. Malgré elle, ses lèvres s'incurvèrent quand elle vit Chambers fermer les paupières en les pressant de désespoir. Elle dut s'agiter, car cela attira l'attention des Ashmore sur elle.

— Qu'y a-t-il de drôle, Lenore ? demanda innocemment la fillette.

La gouvernante se reprit aussitôt, mais pas assez vite pour échapper à Trevor. Elle sentit des picotements la parcourir tandis qu'elle soutenait son regard intense et elle finit par se dandiner sur place avec une certaine gêne.

— Rien du tout, je vous assure. Je pense simplement qu'il est inutile de choisir entre ces gravures.

D'une démarche alerte, elle rejoignit son élève et désigna les dessins.

— Dans tous les cas, il s'agit d'un renard… et les deux leçons qu'il donne sont importantes. Peut-être devriez-vous d'abord aller les lire. Vous les trouverez dans le livre préféré de votre frère, Annabeth !

La petite fronça les sourcils, cherchant dans sa mémoire. Un éclair de compréhension zébra son beau regard à l'instant où la réponse lui apparut, et elle quitta la pièce dans un tourbillon de tissus pour rejoindre la bibliothèque. Trevor fit passer les gravures à Chambers, lui ordonnant finalement de les encadrer toutes deux et de les placer dans les appartements de sa sœur. Ce faisant, il essaya d'ignorer les tambourinements de son cœur, à l'idée que la gouvernante avait deviné juste alors qu'il n'avait mentionné les *Fables* qu'une seule fois. Le coup d'œil reconnaissant que son majordome envoya à la jeune femme augmenta le sourire de cette dernière. Elle en avait totalement oublié le maître des lieux.

— Riez-vous de mon indécision, mademoiselle Forester ? s'enquit celui-ci.

Aussitôt, le sourire de Lenore disparut. Elle se redressa, et serra ses mains l'une contre l'autre, comme une pénitente.

— Nullement, monsieur.

Manifestement peu convaincu, Trevor se mit à tourner autour d'elle, la jaugeant. N'eût été l'éclat moqueur dans ses iris, il aurait assurément produit un effet terrifiant.

— Il est difficile de faire plaisir à une femme, quel que soit son âge…

— Voilà certainement une bonne raison à l'analyse minutieuse de ces gravures, monsieur, approuva faussement Lenore.

Le sarcasme n'échappa cependant pas à Trevor, qui haussa un sourcil.

— Peut-être aurais-je dû vous consulter en premier lieu ?

Lenore resta muette, consciente qu'il n'y avait aucune bonne réponse à cette question. Elle aperçut un tas invraisemblable de catalogues de décoration – plutôt féminins – sur la table où les gravures avaient reposé et, brutalement, elle comprit. Lord Ashmore essayait de montrer de l'intérêt pour sa sœur. Maladroitement, si elle en croyait ce qu'elle avait vu. Le regard de biche de Lenore revint vers son interlocuteur. Depuis qu'il était ici, il n'avait pas manqué de rénover une pièce, d'ajouter des meubles, de retapisser les salles. Mais jamais il n'avait partagé un moment seul avec Annabeth, autre que leur promenade tragique. Les repas ne comptaient pas, ils étaient entourés de valets. Lenore se figura que Lord Ashmore ne connaissait guère sa sœur et avait désormais peur de l'aborder. Il avait donc choisi ce qui lui avait été le plus spontané : ses propres goûts. Sans le savoir, pourtant, il avait eu le nez fin.

— Si elle déteste les grenouilles, Annabeth a une passion immodérée pour les renards, dit soudain Lenore.

Trevor se figea à ces mots. Le petit sourire qui ourlait encore la bouche rosée de Mlle Forester le convainquit qu'elle l'avait bel et bien percé à jour. Il plissa les yeux.

— Voyez-vous ça…

— Je suggère à monsieur de faire disparaître certains trophées de chasse de la grande salle, pour Noël, ajouta Lenore avec dévotion.

Trevor écarquilla les yeux, et Lenore crut être

allée trop loin, lorsqu'il répéta sa phrase et se passa une main dans les cheveux. Un rayon de lumière vint jouer dans les mèches couleur miel, tordant l'estomac de Lenore. La fenêtre, dans le dos de Lord Ashmore, diffusait une lumière hivernale scintillante. À contre-jour, il était comme auréolé de gloire. Lucifer dans toute sa splendeur. Avant sa chute, tant il était magnétique. Le pouls de Lenore s'affola, la faisant reculer par réflexe.

Totalement inconscient du trouble qu'il avait jeté sur la gouvernante, Trevor se mit à arpenter la pièce.

— Comment ai-je pu ne pas penser à Noël ? Au trousseau des gens de maison ?

— Cela ferait assurément plaisir à votre sœur, il s'agit de sa fête préférée, d'autant que ces dernières années les festivités ont été... timorées, glissa Lenore.

Soudain, Lord Ashmore la saisit par le bras. Il avait l'air possédé. Sans pouvoir se retenir, Lenore inspira bruyamment. Elle n'avait jamais remarqué l'odeur de lavande qui émanait de lui. Certainement une attention de Chambers, qui devait parfumer les armoires. Le contraste entre cet être si brut et la douceur de cette plante frappa l'imagination de Lenore.

— Je dois voir Mme Miranda sur-le-champ !

Lenore opina et baissa les yeux sur son poignet, toujours prisonnier de la poigne de Lord Ashmore. Celui-ci en fit autant, mais ne la lâcha pas pour autant.

— Vous êtes une femme pleine de ressources, mademoiselle Forester. Je saurai m'en souvenir…, glissa-t-il en détachant ses doigts un à un.

Le froid qui succéda à son contact perturba Lenore, aussi sûrement que la chaleur qui monta en elle lorsqu'elle réalisa à quel point ils étaient proches. Fort heureusement, tandis qu'elle avait l'air d'un lapin prêt à se faire écraser par les roues d'un fiacre, un sourire étrange s'empara des lèvres de Trevor. Un sourire langoureux et dangereux, qui lui fit reprendre ses esprits. Elle s'éloigna en baissant la tête, comme si elle le remerciait de son compliment.

Trevor la laissa filer, savourant le moment de flottement qui avait révélé à quel point la jeune femme était perturbée par son contact. L'anneau autour de son cou lui revint en mémoire. Avait-elle eu honte qu'un autre homme que son fiancé ne la touche, même de façon aussi infime ? Ou avait-elle eu des pensées nettement moins chastes, à son image à lui ? L'idée fit sourire Trevor. Il avait connu des femmes certes plus délurées que Mlle Forester, mais quelque chose dans l'attitude de la gouvernante lui donnait à penser qu'une fougue inattendue ne demandait qu'à surgir. Il admirait d'autant plus sa maîtrise d'elle-même, et la façon dont elle tempérait ses humeurs pour prendre soin d'Annabeth.

Pour la première fois depuis longtemps, l'idée de fêter Noël ne lui semblait pas si affreuse. Il se faisait habituellement un devoir de manquer cette période de l'année, de s'enivrer à mort ou de se claquemurer entre les cuisses accueillantes d'une conquête du moment. L'un n'empêchant pas l'autre quand il portait son dévolu sur une chanteuse de cabaret. Il émergeait en général deux jours après, sans aucun souvenir des festivités, et l'âme libre de toute introspection quant à son besoin de ne plus célébrer cette fête de famille puisqu'il en ressortait repu de vin et de sexe.

Toutefois, cette année serait différente. Il pouvait se laisser le temps de la célébrer avec Annabeth. Ensuite, il lui parlerait de ses projets pour lui laisser Haddon Hall. Et il partirait. Noël serait donc son apothéose. Une façon bien moins rocambolesque que prévu de dire adieu à la responsabilité de la demeure et à son passé.

Bien sûr, Trevor avait omis un léger détail : la durée invraisemblable des fêtes de Noël, qui s'étiraient en fait jusqu'au jour des Rois. Douze jours durant lesquels la maisonnée croulerait sous les activités festives, les gâteaux et les cadeaux. Cependant, les yeux d'Annabeth brillèrent tant au moment où il lui annonça son intention de fêter Noël, qu'il n'eut pas le cœur à en raboter la durée. Fort heureusement, Mme Miranda s'était attelée au pudding de Noël en avance, et ne s'était guère laissé surprendre par les envies soudaines de Trevor. Ne lui resta plus qu'à s'occuper des présents qu'il souhaitait dispenser aux domestiques, ainsi qu'à sa sœur. Et, pour l'un comme pour l'autre, il se sentit absolument perdu. Les oreilles de Chambers lui furent plus utiles que jamais. Trevor fut impressionné de voir à quel point le majordome s'était vite intégré à Haddon Hall. Il connaissait bien entendu les noms et loisirs de chacun, ce qui permit rapidement à Trevor de prévoir pour qui une bourse bien garnie, pour qui une étole, ou un manteau bien chaud. Il soigna particulièrement Chambers, lui octroyant une blague à tabac copieusement remplie. Le majordome se montrait économe avec ce petit vice, mais on ne pouvait rendre les feuilles plus longues ni éternelles. Trevor savait donc que son cadeau tomberait à point nommé pour le Boxing Day[1].

Très exceptionnellement, Trevor expédia aussi des invitations à Londres, espérant que Victoria amènerait un peu de joie et de bonne compagnie sous son toit. Voilà des semaines qu'il l'avait laissée pratiquement sans nouvelles, et il estimait qu'il pouvait ainsi se faire pardonner. La comtesse répondit à l'invitation avec plaisir, et surprise. Elle n'emmena pas moins de dix personnes avec elle, ce qui fit tourner la tête d'Annabeth lorsqu'elle vit de si belles dames et de si savants messieurs. Elle apporta également deux

1. Jour des étrennes anglais durant lequel chaque domestique reçoit un cadeau de la main du maître de maison.

présents, dont il l'avait personnellement chargée. La neige arriva en même temps qu'elle, ce qui fut l'occasion de s'émerveiller et de se cloîtrer dans Haddon Hall qui, grâce aux soins de Trevor, avait retrouvé une allure décente. La seule qui sembla ne pas apprécier ce changement fut Lenore.

Elle avait regardé la comtesse Wellington et ses invités se présenter dans leurs beaux atours, rire aux plaisanteries ironiques de Lord Ashmore, danser en compagnie d'Annabeth qui ne tarissait pas d'éloges sur cette nouvelle compagnie qu'elle trouvait fort spirituelle et enjouée. Lenore avait retenu une grimace de justesse. Comtesse, gentlemen et artistes en tous genres menaient la belle vie à Londres. Il y avait certes de quoi éblouir une petite fille en narrant des histoires de bal ou en chantant comme un rossignol. Lenore était assez sûre d'elle pour reconnaître qu'elle était jalouse de l'attention que son élève portait aux nouveaux venus, et ce bien inutilement. Qu'Annabeth s'ouvre aux choses du monde était ce que la gouvernante avait toujours souhaité. Mais le changement était si brutal qu'elle ne pouvait s'empêcher d'éprouver une certaine rancune envers Lord Ashmore. La peur de devenir inutile la taraudait sans cesse.

Le maître des lieux, quant à lui, papillonnait allègrement au milieu de ses amis, et auprès de certaines demoiselles plus encore. Lenore n'avait jamais rien vu d'inconvenant, mais elle n'était pas dupe. Il était des regards trop lourds de sens pour qu'ils lui échappent. Cela aussi l'agaçait. Le simple fait de se savoir également jalouse des femmes qui approchaient Lord Ashmore lui était insupportable. Elle perdait la tête, il n'y avait pas d'autre explication. Incapable de se retenir, Lenore laissait souvent ses yeux se diriger vers lui, rechignant quand il buvait trop au lieu de manger. Mme Miranda avait beau se démener, il s'était à peine remplumé depuis son arrivée. Lenore n'était pas non plus sans s'apercevoir que la comtesse Wellington était très attentive à ses moindres gestes. Pourtant, il n'émanait d'elle aucune animosité. Peut-être avait-elle surpris les œillades inquisitrices que la gouvernante réservait au maître de maison. Lenore prit soin de l'éviter encore davantage, ne souhaitant pas être la cause de rumeurs, ou d'un esclandre.

Elle en voulait d'autant plus à Lord Ashmore qu'il lui faisait l'effet d'un prestidigitateur. Il redécorait la maison, la parait de guirlandes de saison et d'une compagnie charmante, et, un beau matin, tout disparaîtrait, laissant Annabeth seule, jusqu'à ce que son destin ne se rappelle à elle. L'idée en devenait suffocante pour Lenore, qui se fit de plus en plus rare dans la maison. Elle passa de longues heures dehors, à marcher dans la neige. Une fois, elle s'égara même jusqu'à la rivière Wye, où elle avait surpris la détresse du maître des lieux lorsqu'il croyait sa sœur transformée en une pauvre Ophélie[1]. Dès qu'elle revenait, les joues rougies par le froid intense, et les membres gourds malgré sa capeline et ses bas de laine épaisse, elle trouvait refuge aux cuisines. Sans faire le moindre commentaire, Mme Miranda lui glissait alors une tasse de thé chaud, ou une pâtisserie. Ce fut au cours de ces nombreuses visites que Lenore se rendit compte qu'elle n'était pas la seule à arpenter l'endroit. Chambers était régulièrement dans les parages.

La gouvernante songea d'abord qu'il accomplissait son service, mais il lui arrivait fréquemment de repartir les mains vides. Lorsqu'elle le vit déposer un petit paquet, sagement emballé dans du tissu en coton beige, sur l'un des plans de travail de Mme Miranda, elle comprit que son manège n'avait rien à voir avec la nourriture, mais tout avec la cuisinière. Celle-ci avait levé le nez de sa pâte à tarte, surprise. Le sourire timide qui se dessina sur les lèvres de Chambers était des plus attendrissants. Avec des étoiles dans les yeux, Lenore vit Mme Miranda saisir le paquet, ses doigts s'attardant sur ceux du majordome. Personne d'autre ne semblait avoir remarqué l'échange, dans l'ébullition de la cuisine. Elle sourit, cachée derrière sa tasse. Voilà pourquoi, des semaines plus tôt, il avait été le premier à entendre Annabeth dans le cellier.

1. Référence au personnage d'Ophélia, tirée de la pièce de Shakespeare *Hamlet*, dans laquelle l'héroïne finit noyée. Le peintre John Everett Millais en fit un très célèbre tableau.

Lenore ferma les yeux et huma le parfum capiteux de son chocolat chaud. Noël était décidément la période des cœurs heureux. Cette réflexion, néanmoins, en amena une bien plus triste : Chambers resterait-il si Lord Ashmore partait ?

Une fois Mme Miranda seule avec Lenore, elle vint s'asseoir près de la jeune femme, le paquet dans la main, ne cherchant nullement à le cacher.

— Est-ce bien raisonnable, à mon âge ? soupira-t-elle.

Le doute qui courait sur le visage de la cuisinière émut Lenore. Elle saisit ses mains avec chaleur.

— Il n'y a pas d'âge pour aimer, voyons. Et Chambers semble être quelqu'un de bien !

— Oh ! ça, oui ! C'était un gamin des rues autrefois. Il aurait pu mal tourner, mais il a préféré l'armée. Ça a changé sa vie…

— A-t-il fait la guerre ? demanda Lenore à voix basse.

— Il n'a jamais vu Napoléon, mais oui. Ça lui a coûté le bon fonctionnement de sa jambe et une partie de sa vue. Il ne pensait pas retrouver le confort d'une maison après ça. Lord Ashmore l'a sauvé, à sa manière. Il s'emploie à le sauver à son tour.

Lenore pinça les lèvres, n'osant pas demander de quoi Trevor Ashmore-Manners devait être sauvé. Quel que soit le mal qui le rongeait, cela l'avait rendu cynique et amer.

— Il ne pourrait pas se passer de lui…, ajouta Mme Miranda, l'air triste.

— Dans ce cas, faisons en sorte qu'il n'ait pas à le faire. Ainsi, tout le monde aura ce qu'il souhaite, déclara Lenore avec simplicité, dans un haussement d'épaules.

Elle poussa du genou les jambes de la cuisinière.

— Ne vous en faites donc pas et ouvrez ! Profitez !

Mme Miranda extirpa une charmante broche du paquet et la serra contre son cœur sous l'œil bienveillant de Lenore. La gouvernante réalisait pleinement qu'elle se montrait optimiste. Aussi essaya-t-elle de trouver quelque chose qui soit susceptible de confirmer ses espoirs sur le visage de Lord Ashmore, lorsqu'elle le croisa dans le château. Mais il était trop occupé à bavarder avec ses convives pour qu'elle pût lui voler ne serait-ce que l'ombre d'une idée.

Le 26 décembre, en se présentant devant lui pour recevoir son présent, elle ne put donc s'empêcher de le détailler bien plus que ce qu'il aurait fallu. Son teint était clair, et il semblait bien disposé. Mais son regard n'avait pas changé : un puits sans fond, sombre, malgré le bleu saisissant qui colorait ses prunelles.

Lorsque la jeune femme plongea ses yeux dans les siens, Trevor y sentit à nouveau une réticence. La gouvernante n'avait jamais été aussi insaisissable que ces derniers jours, sans pour autant négliger les leçons d'Annabeth. Son attitude intriguait réellement Trevor. Puisqu'elle ne semblait pas malade, il en conclut que Mlle Forester avait le mal du pays, ou ne supportait pas les grandes assemblées. Elle récupéra sa boîte et s'inclina, juste après Chambers. Ce faisant, leurs doigts se frôlèrent, provoquant un petit choc électrique qui remonta le long du bras de Trevor. La sensation était délicieuse, lui donnant la chair de poule. Quand ses yeux accrochèrent ceux de la jeune femme, il sut qu'elle l'avait senti également. La bouche de Trevor s'assécha tandis qu'il plongeait dans son regard chocolat. Il n'avait guère prévu de discours, autre que les remerciements d'usage, mais il ne voulut pas la laisser partir aussi vite. Le besoin de la faire s'attarder auprès de lui poussa les mots à franchir naturellement ses lèvres :

— Haddon Hall ne pourrait se passer de vous, mademoiselle Forester. Pas plus qu'Annabeth…

La remarque sembla toucher la gouvernante. Machinalement, le regard de Trevor dévia sur son col, y cherchant le fameux anneau, sans le trouver. Il ne l'avait plus revu, aussi commençait-il à douter de son existence, ou de son sens. La jeune femme le remercia du bout des lèvres et s'éclipsa. Il la suivit un moment du regard, distrait. Elle rejoignit le buffet qui avait été exceptionnellement dressé pour tous les résidents de la maison, domestiques inclus.

Elle se tint près du bol de *wassail*[1], et Trevor y vit sa chance.

Une fois que tous les employés furent récompensés de leurs bons et loyaux services, il les invita à boire tous ensemble. Il saisit le bol en bois et le plongea dans le cidre chaud. Après en avoir avalé le contenu, il le tendit à la gouvernante, comme s'il n'avait pas calculé son coup. Elle hésita, mais respecta la tradition, le replongeant à son tour pour boire à la même coupe. Elle fit passer le récipient, sans le quitter des yeux. Trevor soutint son regard tandis que l'alcool coulait dans son sang, le rendant plus hardi. Il devait bien reconnaître qu'il était fasciné par cette femme et son sang-froid. Son agitation ne fit que s'accroître lorsqu'il la vit accompagner sa sœur au piano, qui avait été disposé là pour l'occasion. Trevor avait d'abord hésité à le descendre, mais il connaissait trop les us et coutumes londoniens, et savait que l'instrument serait vite employé. Il n'avait pas imaginé qu'Annabeth s'y essayerait. Elle joua fort bien et sa petite voix claire fut un ravissement, tout à fait différent de celui qu'offrit Mlle Forester. Annabeth insista en effet pour qu'elle chante et joue une vieille complainte du Derbyshire. La jeune femme céda et s'installa au piano. Trevor nota avec quelle rapidité ses doigts volaient sur les touches.

1. Boisson à base de cidre que le maître de maison partage avec tous ses domestiques, paysans et invités. Lors de cette célébration, ils boivent en général à la même coupe, sans distinction de classe.

Même si Mlle Forester n'osait lever les yeux de la partition, il était évident qu'elle la connaissait par cœur. Trevor avait été surpris par sa voix un peu rauque et basse, et n'avait pu s'empêcher de la boire du regard. Le rendu lui paraissait enchanteur. La comtesse Wellington choisit précisément cet instant pour s'approcher de Trevor.

— Elle est charmante, quoique assez différente de vos goûts habituels, déclara-t-elle.

— Ne soyez pas ridicule, Victoria. C'est la gouvernante ! s'indigna Trevor, bien que ces mots sonnent faux.

La comtesse balaya la remarque d'un revers de la main.

— Autrement dit, elle est issue d'une famille désargentée et a reçu une éducation tout à fait acceptable. Qui plus est, mon cher… je vous ai élevé pendant la seconde partie de votre existence. N'essayez pas de me faire prendre des vessies pour des lanternes !

Trevor ne put retenir le rire qui sourdait en lui. Il fusa dans l'air, vif et net. Le sourire de Victoria s'élargit, satisfaite d'entendre ce son qui lui avait manqué.

— Si c'est ainsi que vous qualifiez vos attentions, *ma tante*, il y a fort à parier que Londres soit sens dessus dessous.

Victoria plissa le nez.

— Je n'aurais jamais dû parler de cette histoire

de tante. Quand bien même… Si elle vous plaît, ne jetez pas vos intentions aux orties, je vous en conjure.

— Même si mes intentions ne sont pas honorables ? susurra Trevor avec malice.

— Faites-en sorte qu'elles le soient, alors ! Faites les choses bien, pour une fois, l'encouragea Victoria.

Trevor fronça les sourcils et regarda plus franchement son amie.

— Dois-je en déduire que vous comptez réellement me voir appliquer le conseil que vous m'avez donné lorsque j'ai quitté Londres ?

— Certainement !

— Dans ce cas, il me faudrait vous rappeler avec quelle minutie vous avez dû recoller les morceaux de mon âme brisée… et à quel point le résultat est bancal. Non qu'il en aille de votre responsabilité, ajouta Trevor, un peu contrit.

— Devrais-je vous dire que « le roseau plie mais ne rompt pas » ? Ou encore que « l'on a toujours besoin d'un plus petit que soi » ?

— Très amusant, Victoria. Je loue votre esprit aussi sûrement que je maudis votre langue ! riposta Trevor.

À ces mots, la musique cessa et Lenore céda sa place au piano. La comtesse Wellington papillonna autour de Trevor, en faisant mine de s'éloigner, non sans lui glisser un dernier mot.

— Vous avez beau dire, je vous ai vu la regarder différemment. Allons, vous êtes riche pour deux et l'amour est si rare qu'il mérite qu'on se batte pour lui. Croyez-en ma vieille expérience…

L'air chagrin de Victoria n'échappa pas à Trevor. Il s'en voulut un peu d'avoir rappelé à son amie les tourments de son mariage et ces nombreuses années qui lui avaient fait l'effet d'être une assoiffée perdue en plein désert. Mais Trevor sentait son cœur encore trop abîmé. Il ne pouvait cependant nier les attraits de la gouvernante. Un fourmillement parcourut son être lorsqu'il s'imagina près d'elle, passant une main leste sur ses épaules. La robe plierait sous ses doigts, dégageant un carré de peau qu'il pourrait embrasser, avant de la hisser sur les touches pour… Seigneur ! Où allaient ses pensées ? La comtesse avait beau dire, il était un incorrigible coquin. Rien de plus.

Avec effarement, il vit Annabeth entraîner l'objet de ses fantasmes jusqu'au *snapdragon*[1]. Du coin de l'œil, Trevor regarda la jeune femme avancer la main dans le feu et saisir un grain de raisin, sans se brûler. Elle s'était lancée la première. La sage et responsable Mlle Forester avait été la plus courageuse. Peut-être parce que cette femme était composée de feu. C'était ça qui devait lui donner sa fougue, ou qui faisait briller ses yeux sombres de l'intérieur. C'était ce qui l'attirait, et qui le rendrait plus vivant, s'il osait y goûter. Malheureusement, on l'interpella pile à cet

1. Jeu dans lequel on doit attraper des raisins secs sur un plateau, enflammé par du brandy. Le feu a une couleur bleue impressionnante, mais ne brûle pas fort

instant, et Lenore disparut de son champ de vision. Il craignit un instant qu'elle ne regagne directement ses quartiers mais, par chance, Annabeth la retenait auprès d'elle. Ainsi que la comtesse Wellington. Trevor aurait dû s'en douter.

Assises près du feu, sa sœur et son amie paraissaient écouter, fascinées, le récit de la gouvernante. Il les ignora tant bien que mal, jusqu'à ce que le rire de Victoria n'éclate dans le salon. Instinctivement, Trevor se tourna dans leur direction et accrocha le regard de la comtesse. Ses yeux pétillaient d'amusement et de quelque chose de serein. Elle sourit à Trevor en opinant, à moitié cachée derrière son éventail. Trevor se figea, reconnaissant là une sorte d'assentiment que sa vieille amie lui adressait. Au sujet d'Annabeth ? Ou de Mlle Forester ? L'idée le troubla et il ne put plus s'empêcher de les observer régulièrement, comme aspiré par ce coin de la pièce. Cela lui permit au moins de voir avec quel bonheur Annabeth joua à la pantoufle[1] et se resservit du pudding. C'étaient manifestement des fêtes réussies.

Les convives s'égayèrent peu à peu dans la salle, chacun profitant d'une bribe de conversation, ou

1. Jeu anglais cousin du « facteur/furet » : les joueurs s'asseyent en rond. Ils font circuler une pantoufle dans leur dos pendant qu'un autre joueur, à l'écart, ne regarde pas. Celui-ci doit ensuite retrouver la pantoufle en interrogeant les joueurs assis. Les joueurs assis continuent à se la faire passer discrètement tout en bluffant. Si le joueur debout la trouve et touche celui qui l'a en main, les rôles s'inversent.

d'un présent. Annabeth arborait d'ailleurs le très beau pendentif en perles que son frère avait fait spécialement venir de la capitale. L'ambiance monta rapidement à la tête de Trevor, tout autant que l'alcool qu'il ingurgita pour cesser de penser à la gouvernante et aux affirmations de la comtesse. Mais, même l'esprit embrouillé, Trevor ne se souvenait pas avoir passé un Noël de cette sorte depuis des années. Les danses, les chants et les rires se changèrent en une berceuse réconfortante. Puis en ronflements, lorsque chacun renonça à célébrer cette soirée, épuisé de tant de joies.

Trevor fut l'un des derniers debout. Après un baisemain à la comtesse Wellington, qui disparut sur un clin d'œil qu'il feignit de ne pas déchiffrer, il tituba jusqu'à l'âtre et se laissa tomber dans le fauteuil qui lui faisait face. Les joyeusetés s'entassaient encore sur les tables, attendant potron-minet pour que les domestiques les retirent, et que la marche du monde reprenne son cours. Un léger mouvement attira l'attention de Trevor et, avec stupeur, il se rendit compte que Mlle Forester était assise dans le fauteuil à côté du sien. Elle le regardait, le bas du visage dissimulé dans l'étole en zibeline qui était enroulée autour de son cou. Celle-là même qu'elle avait refusée un mois plus tôt, et qu'il l'avait vue admirer. Ses yeux étaient comme pailletés. Elle gigota sur son siège et abaissa l'étole sur ses épaules rondes.

— C'est bien trop, monsieur. Vous n'auriez pas dû..., dit-elle doucement.

Sa voix était un peu traînante, comme endormie. Trevor ne sut dire si c'était à cause de la fatigue, ou du *wassail* corsé. Il se laissa aller contre le fauteuil, la regardant à peine.

— C'est bien peu, par rapport à ce que vous apportez à Annabeth.

— Mais cela ne suffira pas..., répondit la gouvernante.

Elle se mordit aussitôt les lèvres, comme si elle regrettait ses paroles. Trevor inclina la tête sur le côté.

— Elle surmontera son chagrin, affirma-t-il. Ce soir, elle était rayonnante.

Lenore observa Lord Ashmore, comprenant qu'ils ne parlaient pas du tout de la même chose. Qu'à cela ne tienne. Elle ferma les yeux, lasse, et joua avec l'anneau sous sa robe.

— D'où vous vient ce bijou ? demanda soudain une voix près d'elle.

Lenore sursauta et rouvrit les paupières. Lord Ashmore était penché au-dessus d'elle. Les braises émettaient une lueur étrange, qui se répercutait dans ses yeux. C'était comme si ses pupilles rougeoyaient. Lenore frissonna. Lucifer venait de tomber en Enfer. C'était bien un démon qu'elle avait sous les yeux. Elle ne répondit pas tout de suite, trop déroutée par ce qu'elle voyait. Elle finit par se racler la gorge, pour reprendre contenance.

— C'est un héritage, admit-elle sans vouloir s'étendre.

Un sourire fendit alors le visage de Trevor. Le jeu d'ombres souligna davantage son regard, caressant ses pommettes et son large front. Lenore eut l'impression que quelqu'un l'éclairait pour essayer de révéler toutes ses facettes. Elle ne comprenait pas ce qui pouvait le réjouir. Mais soudain, il se laissa tomber du fauteuil et saisit sa main. Il était à genoux devant elle, mais à la façon dont il la détailla avidement, elle ne douta pas de ses intentions. Elle retint son souffle.

— Puisqu'il n'y a rien de romantique dans cet anneau, je dois vous avouer que je vous trouve fascinante, mademoiselle Forester. Il y a un paradoxe en vous. Je vous ai prise pour une simple biche la première fois que je vous ai vue. Mais vous dissimulez bien plus que ça… un feu, une passion, dont j'ai besoin. À laquelle je voudrais m'abreuver…

Lenore perçut sans peine le désir dans la voix du maître des lieux. Jamais, encore, elle n'avait été l'objet de tant d'attention. Soudain, son simple contact la troubla. Elle sentit son souffle se raccourcir et une chaleur monter en elle. Elle lui arracha sa main, stupéfaite par sa propre réaction.

— Je vous désire, clarifia-t-il en se penchant encore vers elle.

Lenore respira son odeur de lavande, suivit le contour de sa mâchoire carrée. Elle ne doutait pas une seconde de la véracité de ses paroles. Pas plus qu'elle n'était étonnée qu'elles aient franchi les lèvres de Lord Ashmore. Après tout, on connaissait sa réputation de longue date. Qu'il n'ait pas cherché à mettre une femme dans son lit le mois dernier se révélait donc surprenant, mais Lenore devait se rendre à l'évidence : les vieilles habitudes avaient la vie dure. Ce qui aurait pu enflammer ses sens si une telle déclaration avait eu ne serait-ce qu'un fond de sentiment brisa net la transe dans laquelle elle se trouvait. Qu'il la considère comme un simple amusement la hérissa. Il lui restait peu de choses, au nombre desquelles sa vertu. Et elle ne comptait pas la jeter aux orties sous prétexte qu'elle était – et resterait sûrement – une simple gouvernante. Ni sous celui qu'elle le trouvait beau à se damner. Elle ne savait que trop bien où ce genre de relation conduisait les femmes qui s'y adonnaient et finissaient, un jour ou l'autre, engrossées. Et seules. Très peu pour elle.

— Vos mots sont troublants, monsieur. Mais je n'accéderai pas à votre demande.

Trevor cilla et se releva brutalement.

— Non ? demanda-t-il.

— Non, répéta-t-elle simplement.

Aussitôt, il se recula davantage, pour se retenir au linteau de la cheminée, une grimace de contrariété sur le visage. Il ne s'était pas attendu à être refusé. Néanmoins, s'il ne comptait pas la toucher sans son consentement, il n'avait pas dit son dernier mot.

Peut-être pouvait-il lui faire imaginer ce que ce serait… Avec un air de renard, ses yeux se portèrent sur la table derrière Lenore, sur laquelle des victuailles s'amoncelaient encore, et qu'il s'imaginait déjà envoyer balader pour qu'ils s'accordent tous deux un peu de plaisir, si elle le voulait bien. Lenore suivit son regard avant de fixer la langue mutine qu'il passa sur ses lèvres. Brutalement, elle rougit.

— Nous pourrions nous allonger ici même…, ajouta-t-il d'une voix rendue rauque par le désir et l'attente.

Cette fois, contre toute attente, la gouvernante éclata de rire. Après avoir vainement mordu sa lèvre inférieure pour contenir sa voix claire, elle craqua et porta une main à ses lèvres, avec un air désolé. Trevor la fixa, interdit. Voilà un effet qu'il ne s'attendait pas à produire.

— Votre bouche propose quelque chose que votre corps refuse, monsieur. Il me semble que vous vous tenez à distance de moi, à dessein. Sinon, pourquoi seriez-vous ainsi agrippé à cette cheminée ?

— Pour me retenir bien sûr ! s'offusqua Trevor. Allons, mademoiselle Forester, ne me faites pas l'offense de me croire stupide. Toute la région n'a-t-elle pas entendu parler des frasques de l'aîné de Haddon Hall ? Le démon des Manners. Vos chastes oreilles auraient-elles échappé à ces commérages ?

Le fait qu'il utilise le nom de Manners, qu'il paraissait détester, acheva de convaincre Lenore qu'il s'agissait d'une comédie. À nouveau, elle rit doucement.

— Oh ! Je vous demande pardon, monsieur, mais vous faites un bien piètre démon. Ceux que l'on nous conte à l'église semblent même plus crédibles que vous.

La bouche de Trevor s'ouvrit de sidération et son cœur manqua un battement. Pourtant, il n'y avait en effet aucune terreur dans le regard de la jeune femme : elle ne le craignait pas et n'attendait pas le pire de lui.

Elle se ressaisit, lissant sa robe, avant de se relever et de faire un pas vers lui.

— Un diable qui voudrait forcer une femme ne se donnerait même pas la peine de lui proposer quoi que ce soit. Une telle créature prend. Et il me semble que c'est précisément tout le contraire de ce que vous vous appliquez à faire, depuis votre arrivée… ce qui explique certainement que je sois libre de mes mouvements. Ce dont je vous sais gré.

Trevor expira lentement et son regard accrocha le coin d'un tableau, derrière Lenore.

— Soit. Dans ce cas, mademoiselle, je ne vous retiens pas…

Tandis qu'il désignait la porte, se tassant sur lui-même pour ne pas lui barrer le passage, Lenore le frôla. Lorsqu'elle s'en rendit compte, elle lui adressa un regard étrange, comme un avertissement mêlé de fièvre. Ses doigts étaient crispés dans le tissu de sa robe, et Trevor voyait nettement sa poitrine se soulever rapidement, comme si elle était essoufflée. Il frissonna en sentant qu'elle allait quitter la pièce, bien plus troublée que ce qu'elle voulait avouer... Beau joueur, cependant, il s'inclina sur son passage, un sourire en coin accroché à ses lèvres.

Chapitre 7

Désirs interdits

Lenore poussa un soupir de soulagement lorsque la fête des Rois se présenta enfin. Elle avait relégué la zibeline au fond de son armoire, près du carton à chapeau, avec le portrait et les souvenirs qu'elle ne voulait plus voir. Si Lord Ashmore avait remarqué qu'elle ne la portait pas, il n'en dit rien. Quant aux invités, ils partiraient au cours de la journée, une fois qu'ils auraient cuvé tout leur vin, et elle pourrait retourner à son train-train quotidien. Elle avait échappé de justesse à une situation fort déplaisante la veille, lorsqu'il avait fallu partager le gâteau. Si tout le monde avait été ébahi par l'apparition sucrée réalisée par Mme Miranda – un gigantesque gâteau couvert d'une fine couche de pâte à sucre blanche et de plumes réalisées dans la même matière – Lenore n'avait pu s'empêcher de redouter l'instant où l'on distribuerait les parts. Fort heureusement, Dieu avait dû avoir pitié d'elle, car, si Lord Ashmore trouva la première fève, ce fut justement Mme Miranda qui obtint la seconde. Le roi et la reine de la soirée élus, Lenore avait dégusté sa part plus sereinement. La comtesse Wellington, fascinée par les plumes en sucre, l'avait ensuite longuement entretenue de la mode à Londres et des plaisirs gustatifs que l'on y trouvait. Lenore n'en avait cure, mais le sujet lui permit d'éviter d'être à la disposition du maître des lieux.

Depuis son aveu au lendemain de Noël, elle avait fait de son mieux pour se comporter normalement. Elle ne pouvait en dire autant de lui. C'était comme s'il était soudain partout. À toute heure du jour, elle le rencontrait dans les jardins, la bibliothèque, les escaliers, et même aux cuisines. Ses leçons avec Annabeth étaient ses seules échappatoires et elles étaient bienvenues, quoique très réduites à cause des fêtes. Lenore regretta cependant que toutes les guirlandes de houx et de papier soient condamnées à être retirées, tout autant que les multiples ornements en paille tressée qui avaient ravivé la demeure. Elle avait convenu qu'Annabeth n'en garderait que deux ou trois, qui rejoindraient sa collection des années passées. La demoiselle les conservait comme de fragiles trésors dans une boîte laquée. C'était une coutume qui lui était venue très tôt, afin de se rappeler les bons moments et la chance qu'elle avait de fêter Noël, avait-elle expliqué un jour à la gouvernante. Lenore n'avait bien entendu pas protesté, mais elle veillait à ce que ce besoin de transposer des souvenirs à travers des objets n'envahisse pas l'existence de sa protégée.

Ce que la jeune femme n'avait pas prévu était la demande de la comtesse. Avec aplomb, celle-ci décréta que le meilleur moyen d'effacer les excès de boisson était de prendre l'air. Aussi sollicita-t-elle, avant son départ, une grande promenade à travers le domaine de Haddon Hall. Et, comme de bien entendu, sa présence fut requise afin de superviser Annabeth. Lenore en aurait hurlé, mais tint bon. Elle cala son allure sur celle de la petite, qui finit en bout de queue. Elle nota le regard contrarié de Lord Ashmore lorsqu'elle parut dans son châle épais, et non en zibeline, mais l'ignora superbement. Au bout d'un moment, la distance entre la tête du groupe et Lenore fut telle que la gouvernante décida de prendre son temps pour observer les rares fleurs qui perçaient çà et là, avec la fillette. Annabeth reconnut sans peine le chèvrefeuille et les cyclamens qui poussaient en désordre près des murets. Quand l'enfant aperçut une grappe de petites fleurs roses, elle poussa un cri de ravissement. Les pétales pâles avaient une apparence un peu cireuse, tout comme les feuilles étroites, d'un vert profond, qui les bordaient. Lenore s'approcha mais, soudain, une ombre les surplomba. Avec stupeur, elle reconnut la comtesse Wellington, qui se tenait le côté droit.

— Tout va bien, comtesse ? demanda aussitôt Lenore.

— Très bien, ma chère, mais je crains qu'à mon âge l'on ait le souffle un peu court. Qu'admirez-vous donc ?

— Ces ravissantes fleurs, regardez ! répondit Annabeth.

La comtesse sourit mystérieusement.

— Ah ! Des daphnés ! Elles sont en avance.

Tandis que la demoiselle se penchait pour mieux les voir, Victoria croisa le regard de la gouvernante. Elle ne la quitta pas des yeux tandis qu'elle semblait pourtant s'adresser à Annabeth :

— Une légende raconte que ces fleurs furent autrefois une nymphe des bois[1]. Elle voulut tant échapper à un dieu qu'elle fut changée en fleur !

— Vraiment ? s'étonna Annabeth en pivotant vers la comtesse, l'obligeant cette fois à la regarder, elle.

— Oui. Et ce, bien inutilement : le dieu conserva la fleur avec lui. Il est des choses contre lesquelles on ne peut rien. L'amour, notamment, fit gentiment la comtesse Wellington.

Lenore réprima un petit frisson. L'amour, vraiment ? La comtesse avait certainement de bonnes intentions, mais elle était mal informée. Ce n'était pas l'amour qui avait fait parler Lord Ashmore, à Noël. Lenore

1. En fait, Daphné se changea en laurier. Il s'agit là d'une petite entorse mythologique !

posa une main douce sur l'épaule d'Annabeth, pour l'encourager à repartir. La petite ne se fit pas prier, et devança bientôt la gouvernante et Victoria.

— Vous faites beaucoup de bien à cette enfant, souligna la comtesse.

— Je vous remercie, madame, je m'y emploie de mon mieux en tout cas.

Victoria Wellington rit doucement.

— Allons, vous n'êtes pas juste une gouvernante pour elle. Vous l'aimez, cela se voit.

— L'amour est-il votre cheval de bataille ? ironisa Lenore, non sans audace.

Mais cela ne parut pas décontenancer Victoria, bien au contraire. Son sourire s'élargit et elle rayonna véritablement.

— Je ne souhaite que le meilleur à ceux que j'aime, mais il me semble que, en ce qui concerne les Ashmore, j'ai été exaucée.

Lenore s'arrêta dans la neige. Elle sentait déjà le froid lui engourdir les pieds.

— Je ne comprends pas, comtesse, je vous prie de m'en excuser…

Cette dernière ne prit pas la peine de ralentir sa marche. Elle riva son regard sur le ciel d'un gris tendre, qu'elle apercevait entre les branches sombres qui les environnaient. Le silence hivernal facilita la portée de sa voix, bien qu'elle fût dos à Lenore.

— Une femme de caractère, voilà ce qu'il lui faut. Vous n'avez rien d'une midinette. C'est pourquoi vous le fascinez. Mais le chemin ne sera pas facile, pour peu que vous désiriez l'emprunter. Trevor Ashmore est un homme hanté, profondément blessé. Convaincu de son peu de valeur. Pour autant, il se passe quelque chose en votre présence, et en celle d'Annabeth.

— Vous vous trompez, je vous assure que Lord Ashmore…, commença Lenore, mortifiée.

Cette fois, Victoria tourna un peu le menton vers la gouvernante.

— Je le connais bien. Peut-être mieux que lui-même. Et je serai certainement la dernière à condamner une alliance d'amour, même avec bien peu de fortune à la clé…

Lenore était pétrifiée par les aveux et sous-entendus de la comtesse. Elle se refusa à acquiescer ou à nier encore. Comprenant manifestement qu'elle n'en tirerait rien de plus, Victoria appela Annabeth. La voix de la petite lui parvint, un peu plus loin, et elle se hâta de la rejoindre, laissant Lenore à la traîne. Les bras resserrés autour d'elle, la jeune femme se cramponnait à ce qu'elle savait de Lord Ashmore : son horrible réputation, sa brouille avec son père, le feu qui dansait dans ses yeux aussi sûrement que dans ses reins. Lenore eut l'impression que les bois se refermaient sur elle tandis qu'elle avançait dans la neige, avec pour seule compagnie le souvenir du visage de Lord Ashmore. Son large front, ses yeux bleus incroyables, ses boucles couleur miel qui semblaient parfois mues par leur propre volonté, ses pommettes hautes et tranchantes, ses lèvres minces. L'autorité qui émanait de lui. Elle était à ce point prise dans la toile de son imaginaire qu'elle crut à un mirage lorsqu'elle le vit, debout, au milieu de la colline qu'elle gravissait. Drapé dans son épais manteau sombre, il l'observait attentivement sous son chapeau. De loup, il devint un corbeau. Il sembla à cet instant à Lenore que monsieur de La Fontaine avait bien mal choisi ses dupes[1] : aucune de ces deux créatures n'était finalement aisément facile à tromper. Essoufflée, aussi bien par la marche que par la surprise, elle s'arrêta. Sans rien dire, il lui tendit la main. Lenore pinça les lèvres, puis avisa la raideur de la pente. Jugeant qu'il serait stupide de jouer les orgueilleuses, elle accepta son aide. Il referma vivement ses doigts autour des siens et entreprit de gravir la colline en l'entraînant à sa suite. Elle sentit confusément le sang battre à ses tempes, et dans la pulpe de ses doigts. Malgré ses gants, la chaleur de la main de Lord Ashmore irradiait dans la sienne. Comme une coulée de lave, elle remonta le long de son bras.

Lorsqu'elle atteignit enfin le sommet, Lenore réalisa qu'ils étaient seuls.

— Où sont les autres ? l'interrogea-t-elle.

— Plus avant. Annabeth a dit que vous regardiez

1. Chez La Fontaine, le loup et le corbeau sont régulièrement trompés par le renard.

les fleurs, j'ai pensé qu'il valait mieux vous attendre pour vous éviter de vous perdre. Quoique vous connaissiez certainement le domaine…

— Pas aussi bien que cela. L'hiver, tout change, et je m'aventure rarement aussi loin, avoua Lenore.

Trevor tenait toujours la main de la jeune femme. Machinalement, il lui caressa la paume de son pouce et la sentit sursauter. Le rouge qui éclaboussait ses joues n'avait peut-être plus rien à voir avec l'air vivifiant. Il se prit à espérer en être la cause. Le désir de cueillir un baiser, là, en haut de cette montagne de neige, se fit impérieux. Elle sembla le comprendre à l'instant où il baissa les yeux sur sa bouche, car, aussitôt, elle pinça les lèvres. Cela fit sourire Trevor, qui lui fit face avec aplomb.

— Auriez-vous peur que je vous vole un baiser, mademoiselle Forester ?

Lenore se sentit perdre pied. C'était exactement ce qu'elle craignait, en effet. D'autant qu'elle-même était incapable de dire si elle y répondrait ou non, tant elle était soudain troublée. Pour autant, elle n'imaginait pas qu'il puisse lui faire du mal, ou quoi que ce soit contre sa volonté. Cette certitude était confondante. Surtout si l'on songeait à la réputation de Lord Ashmore. Quelque chose ne collait pas, dans toute cette histoire. Fronçant les sourcils, Lenore parvint à dégager sa main.

— La descente semble plus facile de ce côté-là, indiqua-t-elle comme si de rien n'était.

— Si c'est bien là ce que vous voulez…, susurra Trevor.

Tandis qu'une bourrasque balayait la colline, Lenore inspira profondément. Elle songea à ce que la comtesse venait de lui dire. Elle s'était bel et bien trompée, Lenore en était certaine. Néanmoins, elle ne comptait pas jouer ce petit jeu encore longtemps. Une fois de plus, donc, elle fit face. Elle replaça derrière son oreille une mèche châtaine rebelle que le vent avait détachée de sa coiffure. Puis, elle resserra les pans de son châle autour d'elle, pour se donner une contenance.

— J'ai bien conscience que, dans ces landes sauvages, il doit se trouver plus d'une maisonnée dans laquelle les gouvernantes, voire les domestiques, deviennent les amants ou les maîtresses des propriétaires de domaines. Si je vous cédais, personne n'en saurait sans doute rien, jusqu'à ce qu'un malheur se produise ou que je tombe dans un état inavouable. Bien sûr, nous savons tous deux quel destin m'attendrait. Or, je m'estime trop pour me condamner à un tel malheur. Tout comme je me refuse à n'être qu'un objet de plaisir pour vous. Et à ce que tout cela m'arrache à Annabeth.

— Rien ne vous arracherait à elle ! protesta Trevor, que cette promesse surprit.

Il devait reconnaître ne pas avoir pensé aussi loin. Cela l'effraya quelque peu.

— Voyons, monsieur… la honte, le déshonneur

d'être fille-mère rejaillirait sur votre maison. Et tout cela pour quoi ? Quelques heures volées, dans la paille ? Plus personne n'accepterait de m'employer comme gouvernante. Je serais alors certainement vouée à mourir, seule, affamée et malade, tout comme ma sœur…

Trevor eut un mouvement de recul à ces mots, choqué. Lenore fixa un point, au-dessus de son épaule. Son regard se perdit dans le vague tandis qu'elle continuait à parler, presque malgré elle.

— Les choses doivent être différentes à Londres. Mais ici… les cruautés de la vie sont bien réelles. Quand mon père a trépassé, ni ma sœur ni moi n'avons hérité de quoi que ce soit. Nous avons été livrées aux bons soins d'un cousin éloigné, qui nous a gracieusement logées dans un cottage isolé et décati. Nos dots ont servi à le rendre habitable et j'ai cherché du travail afin de nous nourrir. J'ai été embauchée ici, comme gouvernante. Ma sœur, Cassandra, était alors fiancée à un officier de la marine. Un brave homme, qui, pour espérer s'établir rapidement et dans de meilleures conditions, est parti en mer pour faire fortune. Il n'en est jamais revenu. C'est certainement cela qui a rendu ma sœur si fragile, au point qu'elle attrape la tuberculose. Lorsque la maladie l'emporta, j'étais prête à mettre en gage sa bague de fiançailles, pour payer les obsèques. Mais, votre père, apprenant ma détresse, a pourvu à tout ce qu'il fallait. Il lui a offert des funérailles décentes.

Je dois à ma sœur, autant qu'à moi, monsieur, de me souvenir de ces malheurs, et de ne point me remettre en danger.

Lenore cilla et elle posa un regard dur sur lui. Trevor admira sa silhouette, prise à tous les vents ; la force avec laquelle elle l'affrontait et le rudoyait. Il en conçut une certaine honte pour lui-même tandis que son admiration pour elle ne faisait que croître. Il serra les poings, meurtri par ce qu'il venait d'entendre.

— Il est vrai que ces terres sont des terres de malheur… Je n'ai pas eu plus de plaisir que vous, à vivre ici. Et, quoique je fusse à l'abri du besoin, je ne peux me recommander de cet amour que vous évoquez, pour une sœur et un père.

Cette fois, la réplique fit mouche. Avant d'avoir pu réfléchir, Lenore laissa sa colère déferler.

— Annabeth vous aime ! aboya-t-elle. Est-ce parce que vous êtes, vous, incapable d'aimer, que vous la vouez à un mariage affreux ? Vous qui profitez de tous les avantages de votre statut, requérant des relations hors mariage, vous l'obligerez donc à souffrir un époux qui aura le triple de son âge ?

Trevor vacilla. Il tituba dans la neige, jusqu'à la jeune femme. Le sérieux et la colère qui se peignaient sur les traits de Lenore Forester ne lui permirent pas de douter de ses paroles, mais du diable s'il y comprenait quelque chose. Il laissa ses yeux errer sur son visage, cherchant en vain dans sa mémoire une évocation qui ferait écho à ce qu'elle venait de dire.

— Mademoiselle Forester, de quoi parlez-vous ? demanda-t-il finalement, la voix rauque.

Debout, à moins d'une main tendue d'elle, Lord Ashmore la contemplait, livide. Ses sourcils étaient froncés et son regard paraissait hanté. La colère de Lenore retomba comme un soufflet.

— Vous ne… vous ne savez pas ? bafouilla-t-elle. Mais alors, qui… ? C'est impossible !

Lenore arpenta le sommet de la colline, chassant la neige de tous côtés tant elle marchait férocement. La moitié de son manteau s'en retrouva éclaboussée.

— Mademoiselle Forester ! tempêta Trevor, au bord de la crise de panique.

La gouvernante s'immobilisa, pareille à une statue dans la neige. N'eût été la gravité de la situation, Trevor aurait pu la prendre pour un ange. Cependant, l'angoisse qui transparaissait dans ses yeux et ses mouvements saccadés était bien trop réelle pour cela.

Lenore se mordit les lèvres avant de répondre, d'une voix faible, car cet aveu lui coûtait :

— Votre sœur est fiancée, à M. Whaley, un gentleman du voisinage. Elle devra l'épouser lorsqu'elle aura atteint l'âge de faire son entrée dans le monde, c'est-à-dire d'ici ses quinze ans.

Chapitre 8

Rivalité fraternelle

Dire que la promenade avait tourné court était un euphémisme. Trevor avait été incapable de desserrer les dents jusqu'à ce qu'il revienne à Haddon Hall. Sous le regard perplexe de sa sœur et de la gouvernante, il avait salué ses invités avec une certaine promptitude et avait, dès leur départ, diligenté Chambers dans les environs. Puis, il s'était longuement entretenu avec les deux femmes. Au grand dam du maître des lieux, Annabeth avait confirmé cet engagement du bout des lèvres. En parler paraissait l'avoir considérablement abattue, mais bien davantage parce que cela avait provoqué la colère de Trevor que par considération pour sa propre position. Annabeth ne se souvenait pas de cet homme, ni de quand l'engagement avait été pris. Elle savait en revanche que venait un moment où une femme prenait un époux et, du haut de son inexpérience, supposait naturellement que les choses se déroulaient toujours ainsi.

Sa naïveté avait stupéfié Trevor, toutefois il s'était bien gardé de l'accabler. Lorsque Chambers avait reparu, l'énervement de Trevor était à son comble.

— M. Whaley est un notable de la région, monsieur. Sans égaler votre fortune, il possède un domaine qui lui assure deux mille livres de rentes annuelles, détailla Chambers.

— A-t-il réellement le triple de l'âge d'Annabeth ? Quels sont ses liens avec notre famille ? attaqua Trevor, bille en tête.

— Ses domestiques ne se montrent guère loquaces. En revanche... j'ai pu apprendre qu'il tenait les rênes de la maisonnée aussi fermement que les cordons de sa bourse et que, à quarante ans, il était déjà passablement usé.

Le majordome ne se risqua pas à lever le sourcil aussi haut qu'il l'aurait voulu, mais sa mimique fut on ne peut plus claire pour Trevor.

— Par tous les saints ! rugit-il, interrompant Chambers.

Ce dernier n'en prit pas ombrage, bien au contraire. Il avait lui-même vu le gaillard et son allure ne lui inspirait rien de reluisant. Chambers n'était pourtant pas de ceux pour qui l'apparence était importante, il se savait lui-même trop abîmé pour cela. Cependant, il était capable de reconnaître l'éclat dans le regard d'un homme, celui qui lui indiquait s'il avait de bonnes ou de mauvaises intentions. Il avait vu, plus qu'à son tour, cette lueur particulière briller aussi fort que le canon des armes qu'on avait pointées sur lui. À n'en point douter, il y avait chez M. Whaley cette dangerosité sournoise propre à tout salir. Le majordome vit les poings de son maître se crisper. Rien de ce que Trevor Ashmore n'avait espéré ne s'était jamais réalisé à Haddon Hall, Chambers en avait conscience. Tout comme il se rendait compte de la culpabilité et de l'indécision qui rongeaient son maître. S'il avait soigneusement feint de ne pas intervenir, Chambers était désormais tout disposé à lutter pour Haddon Hall, et pour la femme qui faisait battre son cœur aux cuisines. Il vouait déjà une fidélité sans bornes à Trevor Ashmore, et il sentait que les degrés de son affection étaient en train d'augmenter plus que de raison. Mais, il y avait une sensibilité, un côté écorché, chez ce lord, qui avait toujours fait vibrer en Chambers une fibre paternelle, bien qu'il cherchât régulièrement à ne pas la laisser déborder. Il ajouta néanmoins très prudemment l'information cruciale qu'il avait pu glaner auprès d'autres serviteurs moins récalcitrants :

— Il semble qu'il ait rencontré M. Elwin il y a de cela quelques années…

Aussitôt, Trevor se tourna vers Chambers, l'aura plus noire que la nuit.

— Mon père aurait laissé faire cela ?

Trevor rumina un moment, n'attendant pas de

réponse particulière. Après tout, sa question était rhétorique. Bien sûr qu'Edward Manners avait donné sa bénédiction à cette union contre nature. Il assurait ainsi un train de vie confortable à sa fille, tout en veillant à ce qu'elle ne soit pas loin de lui. Qu'elle se retrouve liée à un barbon décati n'entrait pas en ligne de compte.

— Quelle est l'adresse ? s'enquit Trevor.

Chambers lui tendit un petit carton sur lequel il avait tracé, précautionneusement, l'adresse de M. Whaley. Trevor le saisit du bout des doigts, comme si le simple fait de l'effleurer le dégoûtait. Puis, il congédia Chambers après un hochement de tête sec et un mot de remerciement pour ses informations précieuses. Il passa ensuite de longues heures, assis à son secrétaire, à rédiger sa missive. Il en fit d'abord un brouillon, puis le brouillon d'un brouillon. Bientôt, de multiples boulettes de papier noirci d'encre jonchèrent le sol. Quand, finalement, les mots s'embrouillèrent, le laissant désemparé et frigorifié d'être resté dans la même position pendant des heures, Trevor eut la désagréable impression d'être prisonnier au cœur des ténèbres. La nuit perçait à travers ses volets encore ouverts, nimbant sa chambre de murmures anciens et terribles. L'envie d'envoyer balader son matériel d'écriture le prit, mais il se contint. Il repoussa loin de ses yeux sa chevelure emmêlée à force d'y fourrager. Il se rendit compte qu'il avait le front fiévreux. Alors, il n'y tint plus et descendit aux cuisines. C'était son dernier refuge, celui qui contenait tous les souvenirs agréables qu'il possédait à Haddon Hall. Celui qui, il l'espérait, repousserait la colère et la douleur qui le rendaient fou, au point qu'une voix depuis longtemps éteinte gémisse à son oreille.

Ce fut là que la gouvernante le trouva le lendemain matin, avachi sur la grande table. D'abord hésitante, elle posa finalement une main sur son épaule et entreprit de le réveiller en douceur. On avait besoin de lui. Néanmoins, elle rechignait à le tirer d'un sommeil qui semblait si durement gagné. Ses précautions n'empêchèrent pas Lord Ashmore de sursauter. Il bondit du banc comme un diable de sa boîte. Il s'apaisa toutefois en distinguant un visage inquiet, illuminé par deux beaux yeux noisette. Petit à petit, il reprit pied, reconnaissant les bocaux et marmites de la cuisine. Il avait été incapable de remonter dans ses appartements la veille.

— Mademoiselle Forester, fit-il, l'esprit encore embrouillé. Que se passe-t-il ?

— Que monsieur me pardonne, Mme Miranda avait demandé de vous laisser dormir, mais un visiteur s'est présenté à la porte. Monsieur votre frère est rentré de France…

Le ton de Lenore en disait long sur son malaise. Trevor plissa les yeux en notant la légère coloration qui avait envahi les joues et le cou de la jeune femme.

Qui plus est, quelque chose dans la raideur de ses épaules et la façon dont elle détournait le regard l'alarma. Il crut un moment qu'elle réagissait encore à ses avances, mais elle ajouta rapidement, comme pour oublier qu'elle avait osé prononcer ces mots :

— Il patiente dans le hall. J'ai pensé que vous n'aimeriez pas le voir pénétrer ici sans votre autorisation.

Ni la sienne, de toute évidence. Avec stupeur, Trevor comprit qu'il s'agissait là d'une façon de punir Elwin. Mlle Forester avait naturellement associé deux et deux, et compris à qui elle devait le malheur de sa jeune élève. Et, puisqu'elle n'avait aucun autre pouvoir sur lui, elle le laissait mariner dans le couloir, probablement dans le coin le moins isolé du froid, comme un manant. Trevor sentit une satisfaction mordante naître en lui. Dieu qu'il aimait cette femme ! La pensée le statufia aussitôt avant qu'il ne se gourmande d'utiliser une telle expression. Il se racla la gorge, arrangea sa mise et se dirigea vers la porte, non sans remercier la gouvernante, plaçant ses pas dans les siens avec reconnaissance. L'idée d'avoir un tel appui était étrangement réconfortante.

Comme il s'y attendait, il trouva Elwin en plein milieu de l'entrée, ses valises à ses pieds. Ce dernier jeta sur Trevor un regard surpris.

— Ainsi c'est donc vrai, l'aîné des Manners a fini par rentrer au bercail. Et je vois que vous avez déjà pris les choses en main…, ajouta le benjamin en désignant le ravalement de façade dont avait bénéficié l'entrée.

Trevor observa son frère d'un œil froid. Elwin avait certes grandi depuis la dernière fois qu'il l'avait vu, mais il n'avait pas beaucoup changé. Ses yeux, du même bleu que ceux de Trevor, étaient toujours grands ouverts sur tout ce qui l'entourait. Sa chevelure, de la même couleur que celle de Trevor, était courte, assortie à une barbe et une moustache finement taillées. Ses habits dénotaient un attrait certain pour la mode, qu'il possédait déjà enfant. De fait, il avait toujours été le meilleur peintre de la famille, car il possédait un goût exquis pour les nuances de couleurs. La tenue d'apparat dans laquelle il se présentait acheva de mettre Trevor en colère quand il songea brutalement au dénuement dans lequel Elwin avait volontairement laissé leur sœur. Lui, en revanche, semblait mener la vie de château, sans mauvais jeu de mots.

— Bienvenue, mon frère. Nous n'attendions plus votre venue. Les funérailles sont bien loin désormais…, fit Trevor d'une voix doucereuse.

Cela n'eut pour effet que de faire éclater de rire Elwin.

— Comme vous prenez cela au sérieux, alors que, de toute évidence, vous ne portez pas le deuil.

Trevor se mit en travers de la route de son frère, lui coupant cette fois tout accès à Haddon Hall.

— Je prends en effet au sérieux le fait que mon

frère ne se donne pas la peine de s'annoncer chez moi. Je prends au sérieux son attitude déplorable envers notre sœur, qui n'a rien à faire ici et qui, sur son entreprise, a été fiancée pratiquement au berceau.

L'accusation, soudaine et violente, perturba Elwin. Trevor ne lui laissa pas le temps de réagir davantage. Il désigna les valises à un valet qui passait.

— Que l'on porte les affaires de mon frère dans n'importe quelle chambre. Et que l'on ne nous dérange pas : nous avons à parler.

Sans ménagement, Trevor saisit Elwin par le coude et le traîna derrière lui jusqu'à son bureau. Ce faisant, il aperçut la silhouette de la gouvernante, qui était restée totalement immobile jusque-là, et qui n'avait pas perdu une miette de leur échange. La fierté et l'encouragement qu'il lut sur ses traits lui firent un bien fou et il acheva de gravir les marches quatre à quatre.

Il jeta pratiquement Elwin à travers la pièce. Du reste, cela n'aurait eu aucune importance s'il avait fracassé n'importe quel meuble. L'endroit possédait encore trop de relents de l'époque de son père. Trevor avait l'habitude de travailler n'importe où. Du reste, il avait l'art d'organiser les choses, aussi ce genre de pièce lui était-elle typiquement superflue. Et n'était guère sur la liste de ses priorités pour rendre Haddon Hall plus plaisant à vivre pour Annabeth. Elwin ricana à nouveau, remit son gilet en place et fit une petite moue désabusée en passant son doigt sur le linteau de la cheminée. Il le ramena couvert de poussière, qu'il gratta par une légère friction du pouce.

— Guère étonnant… le démon des Manners ne peut daigner s'asseoir de longues heures et régenter réellement le domaine, n'est-ce pas ?

— Vous êtes mal placé pour me faire la leçon, Elwin, rétorqua Trevor.

Ce dernier s'adossa au bureau, croisant les jambes devant lui, tel un chat qui s'étire.

— Allons, pas à moi, mon frère… Quel appât vous aura amené ici ? On vous dit largement à l'abri du besoin. Lorsqu'on m'a rapporté que vous étiez rentré, je n'en ai pas cru mes oreilles. Au point que je doive me déplacer, comme vous le constatez…

Trevor marqua un temps d'arrêt. Sa venue n'avait donc rien à voir avec leur père, ou Annabeth. S'il se gardait bien d'émettre un jugement pour ce qui concernait Edward Manners, l'idée qu'Elwin – qui avait grandi quant à lui avec Annabeth – repousse sa sœur lui fut intolérable. Il se planta devant son frère, son regard plus orageux que jamais. Son front plissé et sa mine basse présageaient du pire.

— Ainsi, vous n'êtes pas rentré pour Annabeth… même malgré les circonstances ?

— Annabeth ? Qu'a-t-elle à voir là-dedans ? s'étonna Elwin.

— Vous l'avez laissée croupir ici, avec pour seule

compagnie celle d'un vieillard délirant et la promesse d'un odieux mariage !

Elwin resta coi, observant son frère comme si c'était la première fois qu'il le voyait. Puis, soudain, il porta une main à son cœur, et se mit à rire de façon hachée et rauque. C'était un rire forcé, de comédien. Trevor l'ignora et poursuivit :

— Sachez que cela ne sera pas son destin. Le mariage que vous avez conclu pour elle n'aura pas lieu. Je briserai cette promesse aussi sûrement que toutes celles données par un Manners ! Cela ne sera pas bien difficile du reste, puisque je possède l'autorité sur Annabeth, contrairement à vous, qui n'êtes pas son tuteur légal.

Elwin se mit à applaudir lentement. La mine résolue, il fixa son frère avec une grimace de désolation.

— Quel numéro, mon frère. Après le peu de cas que vous avez fait de nous en quittant notre foyer, sans jamais nous écrire, vous pensez me faire croire que vous vous souciez du bien-être de votre sœur ? Je crois, moi, que comme vous venez de le dire, il ne s'agit que d'une basse vengeance supplémentaire. Mais père est mort à présent, il n'y a plus rien à venger, remettez-vous-en ! Cela fait douze ans !

Trevor trembla à ces mots. De colère, de désarroi, de honte aussi certainement. Mais il ne recula pas face à Elwin, qui poursuivit avec acidité :

— Annabeth fera un mariage qui la mettra à l'abri du besoin. Elle ne bénéficie que de son nom, puisque vous héritez du domaine et de tous les biens. Sa dot est certes conséquente, mais pas à la hauteur de ce qu'on pourrait attendre de notre famille. La priver de cette union reviendrait à la jeter en pâture aux loups, et vous le savez !

— Cela ne serait pas arrivé si vous l'aviez prise avec vous, lui reprocha Trevor.

Cela eut le mérite de surprendre Elwin, qui en bafouilla.

— La prendre avec moi, en France ? Et pourquoi, grand Dieu, quand vous-même l'avez abandonnée ? Je n'ai pas de responsabilité envers Annabeth et vous ne me ferez pas porter le chapeau pour vos mauvaises intentions. Qui plus est, contrairement à vous, je n'ai pas feint d'ignorer son existence. Tout juste m'en suis-je éloigné. Niez-vous avoir voulu voir ce domaine partir en fumée ? Et tous ses habitants avec ? Ne l'avez-vous pas tenu loin de vos pensées durant toutes ces années à dessein ? Comme si le simple fait de le laisser croupir allait entraîner sa ruine ? Vous devriez être enchanté du résultat. J'ai bâti ma vie ailleurs. Annabeth fera de même ! C'est une femme du Derbyshire ; elle aura connu assez de rudesses pour savoir tirer son épingle du jeu !

Trevor comprit soudain que son frère était convaincu du bien-fondé de ses actes, aussi sûrement qu'il l'était de la destruction prochaine de Haddon Hall. Pire, sa déclaration avait des allures de profession de foi tout autant que de traité éducatif. Il imaginait Annabeth comme un chardon robuste, apte à résister à tous les vents, car obligé de pousser seul en contrée hostile. C'était ignorer totalement le caractère d'Annabeth, son amour pour leur vieux père et le fol espoir que la petite fille avait placé en son frère aîné. Lui qu'elle ne connaissait guère, et que pourtant elle attendait impatiemment.

Elwin se détacha lentement du bureau et le toisa :

— Faites ce qui vous semble juste, mais ne me mêlez pas à cela. Nous ne sommes plus frères que de nom. C'était ce que j'étais venu vous dire, en personne.

La pique agaça Trevor.

— Quoi, un si long voyage, quand une missive aurait suffi ? le tança-t-il.

— Si j'en crois le misérable message que j'ai reçu pour la mort de père, vous n'êtes guère familier des manières épistolaires, se gaussa Elwin.

Son sourire se décomposa cependant devant la mine satisfaite de Trevor.

— De cela, mon frère, vous ne pouvez vous en prendre qu'à vous-même ! C'est la gouvernante qui vous aura informé de la mort d'Edward Manners, avec les derniers sous qu'il lui restait. C'est dire votre générosité…

Elwin blêmit avant de redresser la nuque et de se draper dans son orgueil, mais Trevor n'avait pas l'intention de s'en tenir à si peu. Le seul pas qu'il fit en direction d'Elwin eut l'effet d'un coup de tonnerre :

— Je suppose que l'idée de me voir à la tête de la famille, et disposer désormais officiellement de tous ses domaines, y compris celui du Doubs, n'a pas provoqué chez vous un vent de panique ? Hum ? Au point de saisir un prétexte fallacieux pour venir pleurer à mes pieds ?

— Je ne vois pas..., protesta Elwin.

— Belvoir m'appartient. Je pourrais vous le retirer d'un claquement de doigts. Cependant, j'ai d'autres choses plus importantes à gérer. Aussi, je vous suggère de mettre votre court séjour chez nous à profit, Elwin.

— Pour faire quoi ? grinça le concerné.

— Pour rattraper le temps perdu avec Annabeth, sans la heurter. Pour me prouver que vous n'êtes pas un sot arrogant à l'image de notre père, qui sait. Peut-être alors daignerai-je vous écouter.

Sans un mot, Elwin contourna son frère et sortit du bureau. La porte ne claqua pas, aucune insulte ne franchit ses lèvres. Et ce fut pire que tout ce que Trevor avait imaginé. Il ne lui donnait pas dix jours avant de décamper.

Il se laissa tomber dans le fauteuil le plus proche et riva son regard à la fenêtre à petits carreaux colorés. Distraitement, il nota que le plomb du vitrail s'émiettait, tandis que la neige en avait recouvert le rebord extérieur. Trevor se pinça l'arête du nez, en proie à la mélancolie et à l'amertume. Elwin disait vrai : il avait fui cette demeure et ses habitants, il les avait tous maudits sans que cela ne le heurte outre mesure. Jusqu'à aujourd'hui. Lui qui était certain de venir détruire Haddon Hall se retrouvait à le rebâtir et à le destiner à une sœur qu'il pensait ne jamais connaître. Pour cela, il devait faire face à des années de négligence, qui avaient voué Annabeth au malheur, aussi sûrement qu'elles avaient transformé Elwin en un jeune homme fat et intéressé. C'était à se demander qui était le vrai démon de cette famille…

La pointe de remords et de culpabilité qui traversa Trevor le poussa à glisser la main dans son veston. Fébrilement, ses doigts rencontrèrent un rebord bosselé et froid, dans la petite poche du vêtement. Il hésita. Puis doucement, il fit glisser l'objet vers lui. Il lui sembla plus lourd qu'autrefois. Tandis qu'il reposait dans la paume de sa main droite, il en caressa le contour de l'index gauche. Le geste était doux et familier. Comme si sa tendresse avait eu le pouvoir de raviver les cendres du passé, Trevor se revit le recevoir d'une main chère. La vieille douleur au fond de lui s'éveilla. S'il avait été à Londres, il l'aurait fait taire à coups d'alcool et de sexe. Mais ici, dans le Derbyshire, il était obligé d'y faire face. Et l'attitude d'Elwin, si semblable par son détachement à celle de leur père, n'était pas pour l'aider.

Néanmoins, il ne pouvait nier totalement les allégations d'Elwin. Trevor devait se rendre à l'évidence, le petit garçon qui le suivait comme son ombre autrefois avait aujourd'hui disparu. C'était en partie de sa faute. Il était parti sans se retourner, aveuglé par son chagrin et son égoïsme, douze ans plus tôt. Sans le vouloir, sans même y penser, Trevor avait puni Elwin et Annabeth en plus de leur père.

Un grincement le tira violemment de ses pensées et, avec surprise, il vit le battant de la porte basculer. Sur le seuil se tenait Mlle Forester.

— Je vous demande pardon, Lord Ashmore, mais il est tard et je… Annabeth s'inquiétait de ne pas vous avoir vu au dîner.

Au dîner ? Trevor s'aperçut qu'il ne discernait plus la neige à sa fenêtre tant elle était couverte par le manteau de la nuit. Machinalement, il continua à caresser du pouce le petit bibelot entre ses doigts.

— Je n'ai pas vu le temps passer…, avoua-t-il.

Lorsqu'il se tourna vers la gouvernante, il surprit son regard sur sa main. Impossible qu'elle ait loupé la chose. Le pendentif était doré à l'or fin et recouvert de perles. Sa forme ovale ne pouvait évoquer qu'une chose : un œil d'amoureux. Instinctivement, Trevor referma ses doigts autour du médaillon, pour le protéger. Pourtant, quelque chose en lui le poussa à la détromper :

— C'est un bijou de deuil…, annonça-t-il.

La jeune femme resta immobile, les yeux écarquillés, tandis que, lentement, il se forçait à rouvrir le poing et à élever le bijou à hauteur d'yeux. Lenore le vit tournoyer au bout d'une petite chaîne dorée. Comme il était de coutume, seul un œil avait été peint au centre du cadre. Le regard capturé d'une personne aimée, ou s'il était orné d'une larme tel celui-ci, d'une disparue. Elle sentit sa gorge se nouer tandis que l'ornement projetait des éclats lumineux dans la pièce. Elle aurait voulu dire quelque chose, mais en était incapable. Toujours hypnotisé par le dessin, Lord Ashmore parla doucement, comme si elle n'était pas là :

— C'est une histoire vieille comme le monde… un jeune homme aime une jeune fille et ne peut pas l'avoir. Ils projettent de s'enfuir bien sûr, mais ne le font jamais. Ils sont jeunes, trop confiants. Ils ont peur aussi. Alors ils essayent de forcer leur destin, de tordre les règles du jeu.

— Sauf que ça ne fonctionne pas, comprit Lenore en franchissant la porte.

Trevor secoua doucement la tête. Il abaissa le pendentif, sans toutefois le lâcher, pour plonger dans les prunelles sombres de la gouvernante.

— Où est-elle, à présent ? demanda paisiblement Lenore.

Lord Ashmore lui tourna soudain le dos. Elle sentit confusément que l'instant était important, aussi attendit-elle sans broncher.

— Quand j'ai demandé sa main, mon père a jugé bon de lui faire savoir que jamais il n'approuverait ce mariage. Il a persuadé son père d'accepter une certaine somme, en échange de l'éloignement de sa fille de notre domaine, et de ma vie. Je gage qu'il ne pensait pas que son entreprise rencontrerait autant de succès. Dès que j'ai appris qu'il lui avait rendu visite, je me suis précipité chez elle, pour la détromper, pour lui dire que cela ne m'arrêterait pas. Mais elle n'était pas là. Son père, M. Manchester, était affolé, ne l'ayant pas vue quitter le logis. Une battue eut lieu, sur mes indications, car je connaissais bien ses habitudes…

Soudain, Lenore sentit un froid glacial envahir ses membres.

— La rivière…, chuchota-t-elle.

Trevor opina tandis qu'il resserrait sa prise sur le bijou.

— Nous l'avons retrouvée, des heures plus tard. Elle s'était jetée dans la rivière Wye. Elle avait laissé un mot, à notre intention. « Puisqu'il m'est impossible de vivre avec celui que j'aime, je meurs, et l'attendrai de l'autre côté. »

Lenore sentit sa lèvre trembler à l'écoute de ces mots. Elle agrippa un pan de sa robe, comme pour se raccrocher à quelque chose de réel.

— C'est cette même nuit qu'Annabeth est venue au monde. J'ai toujours pensé que, dans son chagrin, Abigaïl avait emporté ma mère avec elle. Voyez-vous, elle était la seule à l'apprécier à sa juste valeur…

— Il y a douze ans, murmura Lenore, comprenant soudain ce que Lord Ashmore venait de lui confier.

Elle déglutit péniblement.

— J'ai quitté la demeure dans l'heure, incapable de voir Annabeth, de parler à mon frère ou de faire face à mon père. J'ai filé droit vers Londres, espérant certainement mourir en cours de route, sur ce cheval lancé à toute allure. Je ne voulais plus entendre parler de Haddon Hall. Mais le ciel ne m'a pas exaucé. J'ai cheminé sans encombre. Après un certain temps dans la capitale, j'ai rencontré la comtesse Wellington. Elle m'a hébergé, elle m'a aidé à reprendre le dessus. Petit à petit, je suis revenu à la vie, et j'ai juré que plus jamais je ne serais un Manners. J'ai forgé ma propre fortune en dépouillant tous les empêcheurs de tourner en rond, les briseurs de ménage, les coureurs de dot de Londres. Tous ceux qui ressemblaient de près ou de loin à mon père.

Avec une acuité troublante, Lenore se repassa l'arrivée de Lord Ashmore. Sa volonté d'être appelé ainsi. Son trouble à l'annonce du fait que Haddon Hall abritait sa sœur. Ses sautes d'humeur et jusqu'à sa colère à l'idée d'un mariage arrangé. Quel cauchemar cela avait-il dû être que de revenir en ces lieux, et de se rendre compte que les années n'avaient en rien effacé la douleur ; que l'idée d'affronter un monde sans amour était toujours d'actualité. Soudain, la réputation de Lord Ashmore se dégonfla comme un soufflé. Qu'aurait-elle fait, elle, pour oublier ? Parce qu'elle était née femme, sans doute n'aurait-elle pu se plonger comme lui à corps perdu dans un certain nombre de plaisirs. Mais cela aurait bien été sa seule excuse, elle en était certaine.

Sans pouvoir s'en empêcher, Lenore sentit son cœur se serrer de douleur, de chagrin et de reconnaissance pour les efforts consentis envers Annabeth. Sans qu'elle puisse les retenir, les larmes roulèrent sur ses joues. Elle renifla, attirant l'attention de Lord Ashmore. Il se retourna, interdit, et la fixa. Elle porta une main à son visage, pour sécher ou dissimuler ses pleurs, mais il l'en empêcha en franchissant l'espace qui les séparait. Il saisit délicatement son poignet et la regarda étrangement. Le bleu de ses yeux était aussi troublé que l'eau d'un torrent vigoureux.

— Pourquoi pleurez-vous, mademoiselle Forester ? demanda-t-il d'une voix douce.

Lenore hoqueta, fuyant son regard tant la vérité était inavouable. Lorsque les doigts de Lord Ashmore caressèrent sa peau, la jeune femme se raccrocha à cette sensation.

— Je suis bouleversée par votre histoire…, dit-elle d'une voix enrouée.

— Pourquoi cela ? Ce n'est pas la vôtre.

Lenore leva alors ses prunelles noyées de larmes vers lui. Le bureau était obscur, mais la lueur de la lune filtrait à travers les fenêtres, baignant certaines parties de la pièce de rais de lumière. L'un d'eux passait dans la chevelure de Lord Ashmore, lui donnant un air presque surnaturel.

— Ah ! Elle est trop proche de celle de votre sœur, n'est-ce pas ?

Lenore fut comme foudroyée. C'était vrai et, pourtant, elle n'avait pas un seul instant songé à Cassandra. Elle pleura de plus belle, tout en niant.

— Je pleure pour ce mal que vous avez subi. C'est injuste. Ce qu'on vous a fait. Ce qu'on vous fait encore, articula-t-elle de son mieux.

Les doigts de Trevor s'immobilisèrent sur la peau de Lenore tandis qu'il la détaillait. Les larmes affluaient, son petit nez était rougi, mais ce furent les sanglots qu'elle émettait qui mirent son âme au supplice à l'instant où il comprit que la gouvernante pleurait véritablement *pour lui*. De tristesse. D'empathie. Bouleversé, il l'attira à lui et la serra contre son corps. Sans attendre, la jeune femme passa ses bras autour de lui, s'accrochant à son gilet comme à une bouée de sauvetage. Il respira son parfum et réalisa que ce qu'il avait pris pour un reste de fragrance festive à Noël était en fait sa senteur à elle : un mélange de clou de girofle et d'orange. Il inspira à pleins poumons, pour en saturer son organisme. Il y avait quelque chose d'intime à agir ainsi, plus encore qu'à sentir son corps chaud pressé contre le sien. Cela lui procura une sensation de bien-être inédite. Elle était à sa place au creux de ses bras. Il la sentit trembler d'émotion, éveillant en lui une gratitude et un besoin de protection intenses. Des boucles de sa chevelure châtain chatouillaient son menton tant elle était petite. D'une main sûre, il caressa ses cheveux pour l'apaiser. Il l'entendit alors s'adresser à lui, d'une voix chevrotante :

— Je vous demande pardon, je n'avais pas compris…

Cela fit sourire Trevor malgré la tristesse de la scène. Il s'écarta d'un pas et lui releva le menton. Il contempla son visage comme jamais auparavant. Mlle Forester n'était plus seulement charmante, ou fougueuse, elle était touchante. Terriblement humaine. Avec une certaine confusion, Trevor sentit que c'était cela qu'il n'arrivait pas à définir depuis le début lorsqu'il la regardait et la désirait.

— Pour quoi donc, mademoiselle ? M'avoir refusé ? La pitié ne fait pas une bonne amante…, affirma-t-il en retrouvant un peu de son mordant habituel.

— Non ! Je n'ai pas pitié de vous ! objecta-t-elle. Je n'avais pas compris tout ce que cela représentait pour vous. Tous ces efforts, ici. Pour Annabeth…

— Ah ! Vous m'avez sous-estimé, comprit-il soudain. Allons, mademoiselle Forester, je m'en remettrai, ce ne sera pas…

Cependant, avant qu'il n'ait pu finir sa phrase, Lenore s'était hissée sur la pointe des pieds et avait plaqué sa bouche contre la sienne. D'abord surpris, Trevor ne réagit pas. Mais, lorsqu'il perçut qu'elle s'écartait de lui, il la rattrapa et l'embrassa à son tour. Il sentit ses formes se couler contre lui, sa peau s'embraser entre ses bras. Il accentua le baiser, lui arrachant un soupir, dont il profita pour mordiller sa lèvre inférieure. Une pression familière monta en lui, et il se laissa griser par la chaleur et le parfum de cette femme surprenante.

Lorsque leurs langues se rejoignirent, Lenore noua ses bras autour de son cou, alanguie contre lui, prisonnière du plaisir qu'il lui procurait de plus en plus urgemment. L'humidité de leurs lèvres, ainsi que celle qui naquit au creux de son intimité, la désarma. Elle fit rouler son goût sur sa langue tandis qu'elle s'immergeait dans l'odeur entêtante de lavande. Sa peau était comme parcourue d'éclairs et ses orteils se recroquevillèrent subrepticement sous l'assaut du plaisir qui l'habitait tout entière. À bout de souffle, elle se recula finalement, pour plonger dans les pupilles dilatées par le désir de Lord Ashmore. Elle ne doutait pas un instant qu'elle offrait exactement le même spectacle.

La poitrine de Lord Ashmore se soulevait rapidement, sa bouche mutine était entrouverte, comme prête pour un nouveau baiser. Réalisant alors à quel point la situation était catastrophique, et combien elle voulait recommencer, Lenore se recula davantage, se cognant contre les meubles. Son corps la trahissait aussi sûrement que son misérable cœur. Elle chercha sur le visage de l'homme en face d'elle une quelconque duperie. Une révélation qu'il avait tout inventé, ou exagéré, afin de la manipuler. Mais la sincérité avec laquelle il la fixait était plus bouleversante encore.

Trevor ne retint pas Lenore lorsque celle-ci fit volte-face pour se ruer hors du bureau. Il passa simplement un doigt sur ses lèvres gonflées par leur baiser passionné et écouta son sang rugir dans ses veines. Il se sentait comme un lion en cage, dont on venait enfin de retrouver la clé.

Chapitre 9

Un regard neuf

Le baiser de Lenore brûla Trevor toute la nuit et il ne trouva aucune consolation dans les plaisirs solitaires. Il passa donc de longues heures à se retourner entre ses draps, qui lui cisaillèrent la peau tant elle était sensible, et à s'interroger. Sur elle, sur lui, sur le feu au creux de ses reins et ce que cela pouvait avoir d'indécent. Il finit par s'endormir, peu avant l'aube, sombrant dans un sommeil désagréable, peuplé de rêves sans queue ni tête. La seule chose dont il fut certain au petit matin fut qu'il était impératif qu'il rende visite à M. Whaley, accompagné d'Elwin. Les reproches de ce dernier avaient un certain sens et, si la nuit n'avait guère été reposante, elle lui avait au moins été d'un certain conseil. Une petite part de lui lui souffla qu'ainsi Mlle Forester serait fière de lui. L'idée lui plut davantage qu'elle n'aurait dû et Trevor ne sut s'il devait prier pour croiser la jeune femme dans le couloir ou au contraire l'éviter comme la peste. Il secoua la tête, chassant ses pensées peccamineuses lorsqu'il imagina lui voler un second baiser s'il venait à la rencontrer dès son lever.

Trevor se glissa dans sa robe de chambre et sonna Chambers, afin de s'apprêter au plus vite. Il contempla la chambre, qui avait toujours l'air d'attendre qu'un peu de vie pénètre entre ses murs. Contrairement à d'autres pièces de la maison, il n'avait pas pris la peine de la personnaliser. Certes, ses affaires traînaient un peu partout comme de coutume, cependant il ne s'y sentait pas « chez lui ». La rénovation n'était pas nécessaire et aurait indiqué qu'il souhaitait réellement s'y installer. Chambers perçut certainement son air mélancolique, car il se tint près de lui bien après avoir noué sa cravate avec soin. La mise de Trevor était impeccable : pantalon noir, chemise blanche, sur laquelle tranchait un élégant gilet moiré.

— Le haut-de-forme et la broche d'améthyste, je vous prie, Chambers ! demanda Trevor.

Le majordome s'exécuta, saisissant le premier, accrochant la seconde au long manteau noir du lord. C'était bien trop tape-à-l'œil pour Trevor, mais il ne connaissait pas M. Whaley. En cas de doute, mieux valait impressionner son adversaire. Or, Trevor n'avait jamais croisé quelqu'un qui ne soit pas sensible à la puissance qui se rattachait à l'argent. Qui plus est, il ne voulait pas avoir l'air du parent pauvre auprès d'Elwin et de sa garde-robe si élégante. Trevor s'admira dans le miroir avant de féliciter son domestique.

— Dois-je faire atteler les chevaux, monsieur ? l'interrogea naturellement Chambers.

— En effet, mon frère et moi avons une visite à faire…, s'enthousiasma faussement Trevor.

La commissure des lèvres de Chambers tressauta, comme s'il réprimait un sourire. Cela n'échappa pas à Trevor.

— Ai-je votre assentiment, Chambers ?

— Quand ne l'avez-vous pas, monsieur ? Je songeais simplement que cette nouvelle réjouirait plus d'une personne dans cette maison…

— Certes, reconnut Trevor en observant soudain plus attentivement son majordome.

Chambers avait-il perçu quelque chose entre Mlle Forester et lui ? Quelque chose dans la façon dont il se tenait laissa Trevor songeur. L'homme semblait avoir rajeuni de dix ans et une lueur joyeuse dansait dans son regard. Lorsqu'il sortit en claudiquant, Trevor remarqua qu'un morceau de tissu dépassait de sa poche. Un torchon, à n'en pas douter. Chassant cette information inutile de son esprit, Trevor tritura ses boutons de manchettes, tira une dernière fois sur son col et quitta sa chambre. Gouvernante, ou pas ? Malheureusement, il ne la croisa pas, et n'entendit qu'un bruit léger en provenance de la chambre de sa sœur.

Le petit déjeuner fut donc l'occasion rêvée d'informer

son frère de son plan, puisqu'ils étaient en tête à tête. Quand Trevor acheva son petit discours bien préparé, Elwin le regarda comme s'il avait perdu la tête. Il replia le journal qu'il lisait, de mauvaise grâce.

— Je doute que le procédé soit judicieux…, glissa-t-il.

— Vous m'avez déjà fait part de votre idée de la réussite d'un mariage, tonna Trevor, je ne vous demande pas…

— Non, non. Je veux dire : est-il bien sage que je vous accompagne ? le coupa Elwin.

Trevor attendit la suite, attentif. Voyant les prunelles de son frère se rétrécir sous l'effet de l'attention qu'il lui portait, Elwin cessa de jouer avec sa feuille de chou et se redressa imperceptiblement. Le couperet ne mit guère de temps à tomber :

— Puisque vous avez vous-même contribué à cette union, il me semble opportun que vous soyez présent, asséna Trevor. Quant à moi, je ferai de mon mieux pour ne pas vous faire passer par-dessus bord dans le cabriolet, vous avez ma parole !

Les grands yeux outrés d'Elwin s'écarquillèrent et il ouvrit plusieurs fois la bouche sans qu'aucun son ne sorte. Ce fut le moment que choisit Annabeth pour se présenter à table. Elle était vêtue d'une charmante robe d'intérieur, d'un rose tendre, qui lui donnait une mine resplendissante. Des rubans retenaient ses cheveux tressés.

— Bien le bonjour, chers frères. Trevor, vous avez

mal dormi…, déclara la fillette d'une voix pleine de reproches. Elwin, Mlle Forester dirait que vous feriez un parfait poisson rouge !

La mâchoire d'Elwin claqua aussitôt, devant le petit sourire satisfait d'Annabeth, qui se servit de la brioche. Trevor étouffa un gloussement dans sa tasse de thé. Quelle demoiselle allait devenir sa sœur, avec une telle éducatrice ? Certainement la plus irrésistible du Derbyshire.

— Cette Mlle Forester me semble bien impertinente, maugréa Elwin.

— Tout à fait, renchérit Trevor en reposant sa boisson. Et c'est exactement ce qu'il manquait ici : un peu de vivacité. Mais ne déviez pas la conversation, Elwin. Annabeth, votre frère a une annonce à vous faire !

La fillette releva le nez des pots de confiture. Ses grands yeux cristallins se posèrent sur Elwin avec tant de confiance que, pour la première fois depuis des années, celui-ci conçut un doute quant à sa décision à propos d'Annabeth. Il admira ses longs cheveux de miel et songea que, décidément, Alicia Ashmore avait bien fait les trois mêmes enfants. La pensée de sa mère acheva de briser les barrières qu'Elwin avait soigneusement dressées autour de lui pendant toutes ces années, en France. Années durant lesquelles il s'était convaincu qu'il aurait été incapable de répondre aux besoins d'une sœur puisqu'il n'aurait été qu'un substitut de parent, et l'ombre d'un frère aîné. Lui qui avait été abandonné plus qu'à son tour avait infligé le même châtiment à Annabeth, il en avait conscience. Sa seule excuse était qu'il était alors bien jeune pour se soucier de panser d'autres blessures que les siennes.

— Le mariage n'aura pas lieu, décréta-t-il. Trevor et moi-même irons rendre visite à M. Whaley tout à l'heure, afin de rompre cet accord.

Avant qu'il n'ait pu finir sa phrase, Annabeth avait sauté de son siège et s'était ruée à son cou, couvrant son visage de baisers humides.

— Oh ! Merci ! Merci, merci, merci ! répéta-t-elle en boucle.

Elwin la repoussa doucement, tant bien que mal. La petite fila aussitôt jusqu'à Trevor, qui la dominait de deux bonnes têtes. Malgré son air froid et détaché, Annabeth ne ralentit pas et enserra sa taille, enfouissant son adorable visage dans les plis de sa chemise. Trevor fut surpris de la force de sa poigne. Maladroitement, il glissa une main dans sa chevelure. Il se fit l'impression de caresser un chaton, sous le regard moqueur d'Elwin. Il lui tapota le crâne, jusqu'à ce qu'elle se détache de lui. Le reste du petit déjeuner se fit dans un silence complet, mais Trevor vit à quel point Annabeth trépignait. Elle ne cessait de regarder l'escalier, attendant probablement de pouvoir se précipiter vers sa gouvernante pour tout lui raconter. Et avec précision, espéra Trevor. Il imagina les traits de la jeune femme s'illuminer, la gratitude à l'annonce du sauvetage de son élève. Alors, peut-être, ce baiser… Trevor se secoua. Il avait le diable au corps, c'était impossible ! Fort heureusement, il n'eut pas à insister davantage auprès d'Elwin, qui le suivit sans rechigner.

La tension entre eux était étrange. Assis dans le cabriolet, ils se regardaient en chiens de faïence, aussi mal à l'aise l'un que l'autre. Vite lassé par ce petit jeu, Trevor s'appuya contre la banquette en velours rouge et laissa son regard dériver sur le paysage. Comme bien souvent lorsqu'il faisait cela, la manœuvre incita son interlocuteur à parler.

— Je pensais réellement faire au mieux…, avoua Elwin, les lèvres pincées.

Trevor tourna la tête vers lui. La joue appuyée contre son poing, Elwin semblait pensif.

— Je n'en doute pas…, lui répondit-il simplement.

Pas de pique, ni de remarque blessante. Elwin en fut désarçonné. Il regarda ce frère qui était devenu un inconnu pour lui, bien loin des souvenirs auréolés de gloire qu'il avait secrètement gardés. Lorsque Trevor reprit la parole, cela le fit presque sursauter tant l'ambiance dans l'habitacle était feutrée.

— En vérité, je suis aussi responsable que vous. Je vous ai abandonnés tous les deux…

Elwin se raidit. Ses doigts se crispèrent naturellement sur son pantalon noir. Le temps des aveux semblait venu. Il laissa Trevor parler volontairement, ne souhaitant pas endiguer ce flot de paroles qu'il n'espérait plus entendre.

— J'ai été aveuglé par le chagrin. Perdre mère aurait déjà été une épreuve, mais y ajouter la mort d'Abigaïl m'a submergé. J'ai maudit cette maison, et notre père. Je n'ai pas compris que, tout à ma douleur, je vous la faisais subir également. Si j'étais resté… non, disons plutôt si j'étais revenu, les choses se seraient passées différemment. Mais, j'ai cru que vous m'aviez oublié, tout simplement. Et, puisque je ne vous manquais pas, il était inutile de m'appesantir sur vous. Vous étiez les restes d'une autre vie, vous comprenez ?

Le regard franc de Trevor rencontra celui de son frère. Elwin le soutint, s'amusant de leur exacte nuance de bleu identique.

— Je n'ai jamais osé vous écrire…, expliqua-t-il. Votre nom était devenu tabou à Haddon Hall et personne ne le prononçait. Je n'ai pas eu le courage… ni même après, en France…

Trevor opina et croisa ses longues jambes. Il comprenait la position d'Elwin désormais. Il lui devait néanmoins une dernière explication :

— J'ai cru que vous seriez tous les deux à Belvoir. Mère disait que le climat de la France était idéal pour un nouveau-né. Naïvement…

— Vous avez imaginé que père nous y expédierait pour ne plus souffrir notre vue, je comprends votre idée. Mais votre départ, la mort de son épouse, la charge d'une fille – ce qui était nouveau pour lui – et la culpabilité de la mort de votre fiancée l'ont changé. Il s'est renfermé sur lui-même. Les domestiques l'appelaient même le Seigneur Grisaille, dans son dos…

— Alors à lui aussi, on a tout retiré d'un coup…, susurra Trevor.

La voiture ralentit à ce moment-là, et les deux frères découvrirent un charmant manoir au toit d'ardoises et aux murs blanchis à la chaux. Quelques pierres d'accotement le paraient joliment. Ils descendirent de concert, sitôt le marchepied abaissé, et se firent annoncer au maître des lieux. Trevor avisa le tapis épais qui recouvrait le carrelage fin du corridor, les vases en porcelaine exposés. Elwin ne s'était pas trompé sur le bien de M. Whaley. Cela aurait presque réconforté Trevor, s'il n'avait vu venir à lui un homme d'une corpulence moyenne, le cheveu brun et rare coiffant un visage poupin sans charme. Les vêtements qu'il portait étaient fort sobres, tout dans une nuance de gris qui en disait assez long sur son flegme et son goût limité. Il possédait deux yeux d'un vert pâle étonnant, qui auraient été séduisants s'ils n'avaient eu l'air globuleux. Sans être laid, l'individu paraissait étrangement façonné. Chambers avait eu raison : usé était un terme qui convenait à M. Whaley. C'était comme si cet homme avait été délavé par le poids des années. Quarante ans semblaient presque un âge trop jeune à lui donner.

Il avait cependant toute sa tête, et il reconnut sans peine Elwin, bien qu'il vantât inlassablement la manière dont la France l'avait épanoui. On leur servit le thé, et on évoqua rapidement le temps et la joie des fêtes de fin d'année. Tout ce babillage fut une épreuve pour les nerfs de Trevor qui ne désirait, comme toujours, qu'aller droit au but. Il laissa donc Elwin mener la conversation, puisqu'il s'en tirait fort bien.

— Monsieur Whaley, nous vous remercions pour votre hospitalité, néanmoins nous ne pouvons nous attarder trop longtemps, déclara Elwin. Or, il est une affaire essentielle que nous devons aborder…

— Naturellement ! J'imagine que vous voulez vérifier que la mort de votre père n'a en rien changé nos plans ! répondit aimablement leur hôte.

Ce fut le moment que choisit Trevor pour intervenir.

— En vérité, monsieur, je crains qu'elle n'ait bouleversé beaucoup de choses de notre côté.

— Rien de fâcheux, j'espère ? s'enquit immédiatement Whaley.

— Suffisamment pour que nous vous annoncions la nécessité de rompre les fiançailles avec notre sœur. Vous nous en voyez…

— Comment ? s'exclama Whaley en bondissant hors de son fauteuil. Vous rendez-vous compte de ce que vous dites ? Des pertes pour moi ?

L'argument chiffonna Trevor. Sa mâchoire se crispa, mais il s'astreignit à rester patient.

— Certes, monsieur Whaley, mais votre domaine se porte bien et le Derbyshire regorge de jeunes demoiselles. Vous trouverez chaussure à votre pied avant longtemps !

— Le nom des Manners est ancien, ne me prenez pas pour un imbécile ! Personne ici ne m'apportera autant de renommée que votre sœur !

— Notre sœur n'est pas un passe-partout, monsieur Whaley. Ni un trophée. Surveillez vos paroles, je vous prie ! l'avertit Elwin d'une voix glaciale.

L'image d'Annabeth dansait devant ses yeux et la simple idée qu'une créature aussi chafouine et cupide que Whaley pose ne serait-ce qu'un doigt sur elle lui donnait la nausée.

Ce dernier se rembrunit, mais se calma. Il se tassa sur lui-même, entremêlant ses doigts.

Trevor nota alors que sa manche gauche était tachée – ce qui n'avait que peu d'importance – et que le mouvement de ses mains correspondait en fait à un calcul. Le pli qui barra le front de Whaley l'en assura : le bonhomme chiffrait ses pertes. Trevor ne connaissait que trop bien ce genre d'individu. Il le devança pour reprendre la main.

— Naturellement, nous ne comptons pas vous laisser sans compensation.

Le regard délavé de Whaley s'éclaira.

— De combien parlons-nous ? Je dois vous rappeler que cet arrangement a été conclu il y a longtemps. Je m'étais fait à l'idée. Tout comme à celle de la jeunesse de votre sœur qui me garantissait une descendance. Qui plus est, j'ai déjà évoqué l'impact que cela aura sur ma réputation…

Trevor joua avec ses gants, comme s'ils étaient en train d'évoquer une peccadille et non l'honneur de sa sœur.

— Il me semble que cinq mille livres seraient acceptables.

Trevor sentit Elwin s'étouffer à ses côtés. La somme était certes colossale, mais il savait qu'il ne s'en tirerait pas à moins. Whaley fit mine d'y réfléchir.

— Bien sûr, afin d'augmenter vos chances de trouver une autre épouse, vous aurez également besoin de vous rendre à Londres. Je pourrais vous introduire auprès d'un certain nombre de personnes…, ajouta Trevor.

— Oui, oui… cela pourrait…, concéda Whaley avec une certaine réticence.

Trevor connaissait également ce vilain procédé, mais il n'était guère disposé à lui allouer quoi que ce soit d'autre. Whaley pouvait toujours mendier avec son air de chien galeux.

— Bien, c'est donc entendu. Comptez sur la somme d'ici une quinzaine, le coupa Trevor en se levant.

Bien qu'il ne pense pas grand bien de M. Whaley, il le salua respectueusement et entraîna Elwin à sa suite. Ce dernier resta bouche close jusqu'à ce qu'ils fussent remontés dans le cabriolet. Toutefois, dès le premier tournant pris, il se leva, se cognant carrément contre le plafond du véhicule.

— Est-ce que vous êtes devenu fou ? Où va-t-on trouver une somme pareille en quinze jours ?

— On me doit un certain nombre de faveurs… il est temps de les rappeler à moi. Et si cela ne suffit pas, je dispose de fonds.

Elwin se rassit, sidéré.

— Je dois pouvoir également mettre la main à la poche, si vous me le permettez…

— Il paraît en effet que le vignoble se porte bien, mais je n'exigerai rien de vous. À moins que vous n'estimiez qu'il est temps de rendre à notre sœur la différence entre ce que vous lui avez alloué et ce qu'elle a perçu, en monnaie sonnante et trébuchante, ajouta Trevor un peu mesquinement.

— Aucune demoiselle ne devrait être plus colorée qu'une perruche à son âge et vous savez que les femmes font des folies en parures… je me suis montré prudent ! Mais soit. Vous avez raison, une fois de plus, se résolut Elwin dans un énorme soupir.

Son air abattu aurait presque fait rire Trevor s'il n'avait voulu éviter de le froisser à l'aube de leur entente nouvelle.

À leur retour, les deux hommes eurent la surprise d'apercevoir deux silhouettes, habillées de pied en cap, dans la cour du château. Elwin manqua de descendre avant l'arrêt complet de l'attelage, soucieux de voir Annabeth et la gouvernante debout dans la froidure. Trevor le tempéra quelque peu en le retenant par l'épaule :

— N'ayez crainte, je gage qu'il s'agit d'une leçon de botanique…

— Par ce temps ? s'étonna Elwin.

Ils en eurent le cœur net lorsque, arrivés à la hauteur des demoiselles, la plus jeune les salua poliment en leur assurant être prête pour leur tour du domaine. Perdus, les deux frères s'entre-regardèrent. Lenore trouva bon de toussoter pour attirer l'attention de ces messieurs sur elle. Comme si elle avait prémédité son coup, Chambers apparut, tenant en main les rênes d'un solide percheron, attelé à une charrette sans âge, mais en bon état. Trevor vit Annabeth taper des mains et se précipiter à l'arrière. Il la suivit machinalement et y découvrit un monceau de paniers en osier, garnis de victuailles ou de linge.

— Qu'est-ce que… ?

— Mlle Forester a pensé qu'il serait bon de reprendre les dons qui faisaient autrefois la fierté de Haddon Hall, décréta une voix forte.

Trevor vit Mme Miranda, chargée d'un énième panier, avancer dans leur direction. Sans réfléchir, il se précipita vers elle pour récupérer son fardeau, mais fut devancé par Chambers. Le majordome glissa quelque chose à la cuisinière, qui rit tout bas. Le regard qu'elle lança à Chambers laissa Trevor perplexe. Presque autant que sa précédente déclaration.

Un sourcil levé, il se tourna vers la coupable. Sans se démonter, Lenore le rejoignit à l'arrière de la charrette. Elle posa une main sur le bois rustique, tout près de lui. L'envie de la caresser le démangea.

— Noblesse oblige, déclara-t-elle sobrement. Vos largesses nous ont permis de mieux garnir nos réserves, monsieur. Certes, la Noël est passée, mais je pense qu'on ne nous en tiendra pas rigueur, compte tenu de la situation…

Le maître des lieux admira un instant le stratagème, car il était impensable qu'une femme et une enfant se rendent seules dans les fermes voisines avec une telle charge à leur bord. Il devrait les accompagner, et ainsi prendre la mesure du domaine. Il n'hésita qu'un instant, le temps d'écouter cette petite voix intérieure qui lui reprochait de se soucier à nouveau de Haddon Hall. Il la rabroua et contourna la charrette. Il récupéra les rênes, qu'il mit en place, et fit monter Annabeth, puis Lenore. Il savoura le contact de sa main gantée dans la sienne et la serra avec plus de vigueur qu'il ne l'aurait fallu. Le regard de la jeune femme croisa le sien. Il lui sembla qu'elle tardait à récupérer sa main. La douceur qui baignait son regard de biche le remua profondément. Avec stupeur, il comprit que c'était ce genre de regard que Chambers et Mme Miranda venaient de partager. Se pourrait-il que… ?

— Je garderai le logis, inutile que nous soyons

tous dehors à nous geler, glissa Elwin en réprimant un frisson.

Trevor approuva. Mieux valait une présence, même s'il n'attendait guère de visiteurs. Tandis que la carriole s'ébranlait sous les hourras d'Annabeth, Trevor essaya de se concentrer sur la route, plutôt que sur ses pensées étranges. Les arbres déplumés et couverts de neige ne lui apportèrent guère de distraction. La première partie du chemin fut donc parfaitement silencieuse. La route était facilement praticable puisqu'ils étaient sur un terrain relativement plat. Cependant, dès qu'ils s'éloignèrent de l'enceinte de la maison de maître, le spectacle fut tout autre. Les champs recouverts de neige montraient, de-ci, de-là, des outils oubliés ou délaissés qui tombaient en morceaux et rouillaient. Bien peu de cheminées fumaient, malgré les rigueurs de l'hiver, et certaines habitations semblaient vaciller au gré du vent. Le moins que l'on puisse dire était que les métayers et leurs familles étaient mal logés. Trevor songea même qu'ils ne pouvaient plus habiter dans ces masures, quand il eut la surprise de voir plusieurs visages hagards en émerger. Lenore lui indiqua un emplacement où s'arrêter. Cette fois, il la saisit par la taille pour la faire descendre. La chaleur du corps de la jeune femme, si proche du sien, lui enflamma les sens et il pensa ne pas la relâcher. Cependant, un homme bien charpenté s'approcha timidement d'eux.

Lenore, que le contact avec Lord Ashmore avait

totalement grisée, retrouva un peu de sa contenance habituelle en se tournant vers lui avec un sourire chaleureux :

— Monsieur Stone, nous sommes venus vous souhaiter un joyeux Noël.

L'homme la regarda comme si elle avait perdu la raison et Trevor fit un pas vers eux. Aussitôt, l'autre recula, comme pris de peur.

— Veuillez pardonner notre retard… Je suis Trevor Ashmore, le nouveau propriétaire.

— Oh ! Palsambleu ! répondit le métayer. Faut pas vous inquiéter, milord, c'est juste que… on attendait rien pour les fêtes. Ni personne, pour être tout à fait franc.

Sans s'inquiéter de ces mots, Lenore saisit un panier et le lui tendit.

— Avec tous les vœux de Haddon Hall, dit-elle.

M. Stone attrapa le panier, dont dépassaient du linge et de la nourriture.

— Merci, nous vous en sommes très reconnaissants, bafouilla-t-il avec gratitude.

Trevor jeta un coup d'œil circulaire autour de lui avant de revenir sur le bonhomme.

— Que faites-vous pour Haddon Hall, monsieur Stone ? Quel est votre emploi précisément ?

— Je cultive votre blé, milord. Enfin, je le cultivais… mais ces derniers temps, on peut pas dire que les récoltes aient été bonnes.

Trevor opina, songeur. Son interlocuteur pensa

l'avoir vexé et s'inclina aussitôt devant lui, ce qui le surprit.

— Mais je vous assure qu'on chôme pas, milord !

Trevor chercha du regard Lenore, mais celle-ci avait envoyé Annabeth porter autre chose à Mme Stone, qui se tenait encore coite, sur le seuil de sa maison.

— Je n'en doute pas, monsieur Stone. Peut-être aurai-je quelque chose à vous proposer pour la prochaine récolte qui vous facilitera la vie. Comptez sur moi !

M. Stone serra son bonnet à l'en mettre en pièces tandis qu'il remerciait Trevor. Ce dernier essaya de ne pas montrer à quel point il était mal à l'aise. Mais le phénomène se reproduisit à chacun de leur arrêt : la stupéfaction, la joie, la reconnaissance malgré une misère évidente. Et toujours, Lenore appelait chacune des personnes par leurs noms, demandait des nouvelles des uns et des autres avec une familiarité déconcertante. Pourtant, elle donnait invariablement le panier en son nom à lui et s'effaçait aussitôt le babillage initial lancé. Trevor songea à ce qu'elle lui avait dit lorsqu'il était arrivé, des semaines plus tôt : c'était elle qui gérait la maison. Il n'avait pas compris jusqu'où cette gestion s'étendait. Évidemment, cela dépassait de très loin les fonctions d'une simple gouvernante. Et celles d'une épouse. L'image de Lenore, en haut de leur escalier, chapitrant une ribambelle d'enfants à la chevelure de miel le frappa soudain, et Trevor en eut le souffle coupé. Jusqu'à présent, il n'y avait eu qu'une femme qu'il avait aimée et envisagée comme compagne de son existence. Elle avait mis fin à ses jours plus de dix ans auparavant. Aujourd'hui, la vision de Lenore, naturelle et spontanée, à sa place, troubla Trevor. Non seulement parce que cela avait été impensable avant ce jour, mais aussi parce que la culpabilité ne suffisait plus à repousser l'idée que Lenore était parfaite pour lui.

Trevor se raidit sur son siège, d'autant plus lorsque Annabeth monta la dernière, le forçant à se retrouver côte à côte avec la gouvernante.

— Monsieur me permet-il ? demanda-t-elle soudain.

Ahuri, Trevor baissa les yeux sur elle et vit qu'elle désignait son gant, qui s'était retourné. Comme il ne répondait pas, elle avança la main et le replaça délicatement, remettant sa paume à l'abri. Ce faisant, elle effleura sa peau, faisant courir dans tout son bras une vague de petits frissons. Elle lui sourit et se cala contre le bois de l'assise, satisfaite. Ce geste remua Trevor. Lenore Forester prenait soin des siens. Des métayers comme des domestiques. Ou de lui-même. Mis à part Chambers et Victoria, il ne se souvenait pas quand, pour la dernière fois, on avait eu une vraie attention pour lui. La mention du majordome força Trevor à parler, du bout des lèvres.

— Auriez-vous remarqué quelque chose de

particulier aux cuisines, ces temps-ci, mademoiselle Forester ?

— Nullement, monsieur. Je dirais que tout fonctionne comme d'habitude.

— Dans ce cas, Mme Miranda aurait-elle besoin d'aide supplémentaire ?

Cette fois, Lenore gigota un peu sur son siège et se frotta les mains l'une contre l'autre.

— Non, monsieur.

— Je vois… Les messes basses entre elle et Chambers sont donc bien d'une tout autre nature, conclut Trevor en voyant le visage de la gouvernante verdir.

Il devinait évidemment ce qui la mettait dans un tel état. Il n'était pas recommandé de garder sous son toit des domestiques qui folâtraient et ne pouvaient être réellement disponibles pour leurs maîtres. Sans compter que ce genre de chose finissait en général par une grossesse embarrassante. Mais cela ne concernait plus Mme Miranda. Qui plus est, Trevor aurait été bien cruel de refuser à la vieille domestique sa part de bonheur, elle qui lui en avait tant donné.

— Monsieur… je… eh bien…

L'embarras de Lenore atteignit des sommets. Voilà pourquoi elle disait toujours la vérité. Elle était d'une nullité impossible pour le mensonge. Sa sœur, Cassandra, s'en était d'ailleurs copieusement moquée et avait fini par lui donner une astuce, qu'elle aurait dû suivre : en cas de doute, rester le plus concis possible. Parfois, ne pas épiloguer suffisait. Un rire clair, un peu railleur, la surprit. Elle réalisa alors que Lord Ashmore la dévisageait.

Il eut pitié d'elle et mit fin à son tourment :

— N'ayez crainte, mademoiselle Forester, je ne compte pas séparer ces deux-là. Mme Miranda mérite, plus qu'aucun être à Haddon Hall, d'être heureuse. Elle a suffisamment donné. Quant à Chambers… je ne connais pas homme plus loyal. S'il s'attache à elle, il y a fort à parier que nous aurons rapidement un mariage à célébrer.

Lenore cligna des yeux, interdite. Cela chagrina Trevor. Le prenait-elle donc vraiment pour un être sans cœur ? Si oui, il devait reconnaître qu'il l'avait certainement cherché par son attitude austère.

— Me pensiez-vous réellement sur le point de les séparer ?

— Non, ma réflexion n'allait pas jusque-là. Je suis simplement surprise. Il me semble que peu de maîtres de maison réagiraient ainsi…

— Peu de maîtres de maison ont mon passé, mademoiselle Forester, cingla Trevor, sans pouvoir s'en empêcher.

Lenore se referma aussitôt, consciente de sa bévue. Elle n'avait pourtant pas songé à mal, bien au contraire. Elle se mordit les lèvres, se rendant compte qu'elles étaient gelées. Se taire était une meilleure solution, mais, étrangement, l'idée de déplaire à Lord Ashmore lui fut insoutenable. Elle devait s'expliquer.

— Je voulais dire, monsieur, que d'aucuns penseraient qu'une histoire d'amour de cette sorte ne pourrait exister. Je suis navrée de vous avoir désappointé.

Elle vit les rênes se détendre entre les doigts de Lord Ashmore. Il baissa les yeux sur elle, un rictus aux lèvres. La flamme qu'elle y discerna la paralysa, tout autant que sa voix, basse et rauque :

— En la matière, je commence à croire que tout est possible…

Longtemps après leur périple, cette phrase hanta l'esprit de Lenore. Et, comme si ces mots recelaient une étincelle de pouvoir, elle se sentit le courage de reconnaître que l'amour n'était pas une mauvaise chose. Elle fit alors ce qu'elle s'était juré de ne pas faire, le soir venu, bien à l'abri dans ses appartements. Repoussant ses lourdes couvertures, elle sortit de son lit et gagna le coin opposé de la petite chambre. Face à son armoire, elle se hissa sur la pointe des pieds et tendit le bras. Elle effleura facilement le carton de la boîte, qu'elle tira jusqu'à elle. Elle revint vers le lit, la tenant précieusement entre ses mains. Sous ses pieds, le parquet était froid, mais cela lui fit du bien. Elle s'agenouilla près de son lit et laissa ses mains flotter au-dessus de la boîte à chapeau. Soudain, elle en souleva le couvercle et s'écarta, comme si quelque chose allait en jaillir. Naturellement, il ne se passa rien de la sorte. Il n'y eut même pas un nuage de poussière.

Lenore laissa ses yeux noisette errer à travers la pièce. En tant que gouvernante, elle avait une chambre plutôt confortable et spacieuse. Son couchage était douillet sans être opulent. Les meubles qui l'occupaient étaient de bonne facture. Elle la maintenait toujours propre et fraîche. Sur la petite commode qui lui avait été allouée se trouvaient un miroir, plusieurs livres et un bouquet de fleurs. C'était la seule coquetterie des lieux. Mue par une inspiration soudaine, elle se tourna vers la boîte et en extirpa un petit cadre doré, ovale. Le contour était orné d'un ruban, taillé dans le bois, qui se nouait sous le buste d'une jolie jeune femme. Elle lui rendit son regard. Lenore constata que, même si elle n'avait plus regardé ce portrait depuis des années, elle n'avait pas oublié le visage de sa sœur. Elle n'aurait pu le dessiner de mémoire, mais ses yeux presque en amande et sa bouche rieuse étaient restés intacts dans sa mémoire. Le cadre, qui tenait dans la paume de sa main, disposait d'un petit trépied. Lenore le laissa donc reposer contre le vase. Cassandra avait adoré les fleurs et, à cette place, elle pourrait la voir de n'importe où dans la pièce. Elle eut un peu de mal à lâcher le portrait, à se convaincre qu'elle pouvait l'affronter. La gorge nouée, Lenore laissa sa main plonger à nouveau dans la boîte. Elle en extirpa un petit ballot de lettres, nouées par une ficelle. Des messages de Cassandra, de leur père. Un autre paquet, à part, avait été scellé à la cire. La correspondance privée de sa sœur et de son fiancé. Elle les rangea tous deux dans sa commode. Enfin, elle sortit la lourde zibeline offerte par Lord Ashmore. Elle était vraiment très belle, et douce. En fait, elle lui faisait un peu penser à lui : la lumière jouait sur la fourrure, produisant des reflets dorés, comme le soleil dans sa chevelure de miel. Elle la porta à son nez. La zibeline sentait la lavande. Le baiser qu'elle lui avait donné, volontairement, passa comme un fantôme sur sa peau et elle eut peur de sa propre réaction. Elle songea à Noël et aux batifolages qui avaient eu lieu. À sa proposition de s'abreuver à elle. Lord Ashmore avait été clair : il désirait du plaisir, et elle ne pouvait s'engager sur cette pente. Pourtant, ce qui lui avait paru être un cadeau destiné à la séduire prenait une autre teinte désormais. Derrière le déluré, elle voyait une facette plus ténébreuse, plus à vif de l'homme qui avait hérité de Haddon Hall. Elle savourait son intérêt pour Annabeth, et le semblant de paix qui se tissait entre lui et son frère. C'était comme si Haddon Hall ressuscitait lentement. Et c'était tout ce qu'elle désirait dorénavant, elle devait bien le reconnaître.

Lenore se hissa dans son lit, emportant la fourrure avec elle. Elle ferma les yeux, s'avouant vaincue. Lord Ashmore était insaisissable. Quand elle le croyait en colère, il la taquinait. Quand elle le pensait triste, il était en fait bouleversé. Pour la première fois depuis des années, Lenore sentit poindre en elle un mécontentement envers Lord Manners et son entêtement. Elle qui n'avait jamais rien dit de mal sur son ancien employeur eut soudain envie de lui arracher les yeux. Tandis qu'elle s'endormait, lovée dans la zibeline, elle remercia pourtant le ciel que l'espièglerie de Lord Ashmore ne se soit pas éteinte. C'était l'étincelle qui le ramènerait à la vie. Elle l'espérait de tout cœur, parce qu'elle était certaine désormais que le sien battait pour lui, alors qu'elle s'était promis de ne pas devenir l'une de ses conquêtes.

Chapitre 10

L'appel de l'or

Trevor admira la pile de missives qui reposait sur le plateau du courrier. Le moins que l'on puisse dire était qu'on ne ferait pas venir la malle-poste pour rien. Trevor se serait bien passé de ces longues heures à répéter inlassablement les mêmes phrases, mais la liberté d'Annabeth valait chaque courbature dans son dos et ses doigts. Il s'était montré sobre dans ses propos, rappelant à lui toutes les dettes qui couraient encore. Il demandait à ce qu'on le paye en monnaie sonnante et trébuchante ou, à défaut, en objet de valeur – estimation d'un notaire à l'appui. Chacun de ses messages s'achevait sur ses respectueuses salutations, ainsi que l'adresse de son propre notaire qui ne manquerait pas de se manifester auprès de ses débiteurs en cas de non-réponse sous quinzaine. Afin d'éviter tout retard, il avait scellé les lettres et prévu de payer le port lui-même. Laisser ces frais à la charge du destinataire aurait été le meilleur moyen de leur fournir une excuse.

Satisfait de sa besogne, Trevor avait ensuite convoqué Chambers afin d'avoir un inventaire complet des meubles, bibelots, tableaux et de l'argenterie. Il avait retiré de cette liste un certain nombre d'affaires dont la maisonnée n'aurait guère l'usage. Il se borna à ne vendre que l'essentiel, et ne céda pas à son envie de jeter tout ce que son père avait eu le malheur de toucher. Dégarnir Haddon Hall n'avait plus de sens désormais.

La menace du notaire et la réputation de Trevor furent assez efficaces pour que les réponses affluent rapidement, et en bonne et due forme. Trevor se fit donc un plaisir de demander à Mme Miranda de garnir le cellier et de commander du thé. Il fit également paraître une annonce, pour recruter de la main-d'œuvre pour les champs, ainsi que des maçons et charpentiers pour retaper les différentes habitations du domaine. Jamais Haddon Hall n'avait autant bourdonné que durant les dernières semaines de février.

Avec satisfaction, il versa ce même mois la somme exacte promise à M. Whaley, qui lui fit d'insupportables ronds de jambe et tarda à signer l'acte stipulant la rupture des fiançailles contre compensation. Trevor n'en démordit pas. Il connaissait le genre d'oiseau qu'était Whaley.

Au sortir de l'hiver, le domaine sembla respirer

de nouveau et, avec lui, la famille Ashmore. Ce fut du moins l'impression de Lenore. Annabeth avait grandi durant cette saison. La bonne nourriture, la chaleur des lieux, la présence de ses frères lui avaient profité. Son français s'était nettement amélioré grâce à Elwin, qui avait pris le relais du professeur précédent, et ne rechignait pas non plus à jouer les éducateurs en compagnie de la gouvernante. Cet appui convenait à la jeune femme, qui appréciait de ne plus être seule à superviser Annabeth, voire seule tout court. Elle réalisait seulement à quel point sa vie était peu remplie. Mis à part sa jeune élève, seule Mme Miranda avait peuplé ses journées.

Or, elle savait que, bientôt, Annabeth serait en âge de fureter dans le monde. Elle deviendrait alors certainement sa dame de compagnie et pourrait se lier à d'autres jeunes ladies, partageant plus ou moins le même sort qu'elle. Étonnamment, cela ne la réjouissait pas, car elle redoutait que sa condition de gouvernante ne la poursuive, et ne continue à la placer dans cette zone incertaine entre les domestiques et l'aristocratie. C'était bien la première fois que Lenore imaginait un avenir aussi sombre. Elle était en totale opposition avec la renaissance de la demeure et cela l'irritait, car elle se réjouissait sincèrement pour Annabeth. Ainsi son égoïsme et sa peur la tourmentaient sans cesse.

Elle finit par délaisser ses promenades et ses lectures, et passa de longs moments dans la salle de musique, lorsque l'on n'avait plus besoin d'elle. Les yeux rivés sur la fenêtre, elle laissait ses doigts courir sur les touches, tirant des mélodies poignantes et somptueuses à l'instrument.

Juste après le début du printemps, ce fut sur un *Ave Maria* que Trevor la surprit. Il savait depuis un moment que les notes qu'il entendait depuis sa chambre provenaient de Mlle Forester, et il avait tendu l'oreille avec plaisir. Pourtant, ce soir-là, quelque chose l'avait poussé à la rejoindre. Peut-être la remarque d'Elwin, qui avait signalé qu'on ne voyait guère plus traîner les robes de la gouvernante dans la maison. Ou le froncement de sourcils d'Annabeth, lui affirmant que Lenore était triste. À en juger par les mélodies qui résonnaient à présent dans Haddon Hall, Trevor ne pouvait pas leur donner tort.

L'apparition, pourtant discrète, de Trevor arracha une fausse note à la gouvernante, qui laissa retomber ses mains lourdement sur le piano. Elle se leva à moitié, visiblement confuse :

— Monsieur ? l'interrogea-t-elle.

— N'est-il pas un peu tard pour jouer, mademoiselle Forester ?

Aussitôt, la jeune femme s'affola, de peur de l'avoir dérangé. Elle entreprit de baisser le couvercle du piano, avec empressement.

— Toutes mes excuses, je n'avais pas réalisé que l'heure n'était pas appropriée. Je ne vous dérangerai plus !

Trevor arriva à sa hauteur, juste à temps pour retenir le couvercle et l'empêcher de se fermer. La tension qui jaillit entre eux, alors que leurs mains n'étaient qu'à quelques centimètres l'une de l'autre, était palpable. Soudain, ce fut comme s'il n'y avait plus d'air dans la pièce. Lenore leva les yeux vers Lord Ashmore, et fut frappée par le bleu de son regard, noyé dans le noir de ses pupilles dilatées. Elle sentit son cœur s'affoler, mais fut incapable de reculer. Sans la quitter des yeux, il releva le couvercle et l'invita à s'asseoir.

— Permettez ? demanda-t-il en désignant la partition.

Lenore comprit qu'il se proposait de lui tourner les pages. C'était terriblement intime. Presque autant que ce baiser qu'elle lui avait donné et qui l'obsédait encore. Incapable de répondre, le corps brûlant de sa proximité, elle opina, ramassa ses jupons et se rassit. L'*Ave Maria* lui parut assez inadapté par rapport à ce qu'elle ressentait, mais elle ne voyait pas comment le lui dire. Ce serait avouer sa faiblesse. Ce qui avait pu passer pour un égarement ne le serait alors plus du tout. Elle reprit la mesure, mais la voix de Lord Ashmore lui parvint aussitôt, basse et caressante :

— Chantez…

Seigneur, il ne lui épargnerait rien. Incapable de faire abstraction de lui, elle ferma les yeux. Elle connaissait de toute façon la mélodie et elle préférait rater une touche que de sentir encore le poids de son regard alors qu'elle tirerait vaguement quelques notes de sa gorge ensablée par sa présence. Le bruissement des pages lui parvint ponctuellement, signe que Lord Ashmore n'avait pas bougé tandis que le chant résonnait dans la pièce. Son air très pur ramena un peu de calme dans l'esprit de Lenore. Elle fut totalement inconsciente de l'ardeur qui s'empara des sens de Trevor.

Auréolée de la lumière des bougies et de la lune, Lenore avait l'air d'une apparition. Elle foudroya Trevor aussi sûrement que s'il s'était tenu sous un arbre une nuit d'orage. La voix claire de la gouvernante s'insinua en lui, évoquant dans sa complainte les temps passés et les nombreuses prières qu'il avait offertes au ciel. L'idée qu'elles aient enfin été entendues l'effleura et le tortura. Lenore Forester n'était pas Abigaïl Manchester. Or, c'était pour cette dernière qu'il avait supplié, en vain. Et, plus il essayait de se remémorer sa fiancée, plus elle lui échappait. Les rires, les mots, les remontrances qui lui revenaient appartenaient tous à Lenore désormais.

Quand le piano se tut enfin, et que la jeune femme rouvrit les yeux, elle tomba dans le puits sans fond du regard de Lord Ashmore. Aucun des deux ne parla. Dans ce silence religieux, ils se contemplèrent l'un l'autre, cherchant un signe, une étincelle. Une permission. Comme ni l'un ni l'autre n'osèrent l'accorder, Lenore se leva, le salua et referma le piano pour de bon.

Debout devant elle, l'empêchant de sortir à son corps défendant, Trevor combattait son envie de l'amener à lui. De la serrer contre son corps pour enfouir son nez dans son cou, butiner sa peau en inspirant son parfum. Le désir était lourd en lui. Il tendit une main vers la jeune femme, saisissant une mèche de sa chevelure châtaine qui voltigeait sur son épaule.

La bouche de Lenore devint sèche, et une pression désormais familière jaillit dans son ventre, langue de feu embrasant son être tout entier.

— Vous inquiétez-vous encore pour Haddon Hall, mademoiselle ? demanda Trevor.

— Non, monsieur.

Il fit un pas, laissant retomber sa chevelure. Ce faisant, ses doigts effleurèrent son épaule, puis son bras en une caresse furtive. La douceur cotonneuse de sa robe fut rude en comparaison de la peau qu'il aurait voulu toucher.

— Qu'est-ce qui vous rend si triste, dans ce cas ?

Un ange passa avant que Lenore ne souffle :

— Moi, monsieur. Juste moi…

La surprise se peignit sur les traits de Lord Ashmore et il recroquevilla ses doigts, lui retirant son contact.

— Toujours ce « monsieur ». Il me semble que vous n'avez plus prononcé mon nom depuis mon arrivée ici…

— Je suis pratiquement sûre que si, mentit Lenore.

Cela fit sourire Trevor, conscient de sa pirouette. Il s'approcha davantage d'elle, murmurant pratiquement contre sa peau.

— Quoi qu'il en soit, vous ne devriez pas vous inquiéter, il n'y a rien chez vous qui mérite que vous vous apitoyiez ainsi.

Lenore sourit simplement, incapable de lui dire que les élans de son cœur étaient pourtant une raison suffisante à sa détresse. Pourtant, elle devait bien reconnaître que pas une demoiselle n'avait passé le seuil de Haddon Hall au cours de ces derniers mois. Pas un billet doux non plus, elle aurait senti le parfum sur les lettres qu'apportait sans arrêt Chambers. Mais la peur de n'être qu'une de plus et de se vouer au malheur la hantait. Dans un éclat de lucidité, Lenore comprit soudain qu'il lui faudrait certainement quitter cette demeure, et qu'elle le savait depuis des semaines sans oser le formuler. Mais comment quitter Annabeth ? Comment le quitter, lui ?

La main de Trevor jaillit, cueillant sa joue avec délicatesse, sans qu'elle ne l'ait vue venir. Du pouce, il chassa une larme traîtresse qui lui avait échappé. Les lèvres de Lenore se mirent à trembler tandis qu'un barrage cédait en elle. Elle poussa un petit soupir de détresse, que les lèvres de Trevor étouffèrent. Sans réfléchir, elle s'accrocha à ses épaules, répondant à son baiser avec ferveur. Elle sentit sa langue quémander l'entrée de sa bouche et la lui accorda volontiers. Elle crut défaillir tant c'était grisant et ne put retenir un gémissement. Lorsqu'ils se séparèrent, front contre front, Lenore ne trouva rien à dire, rien à expliquer. D'une manière ou d'une autre, elle était perdue. Elle recula lentement, laissant la chaleur de Lord Ashmore la quitter. Il ne la retint pas, et la laissa s'évaporer tandis qu'il restait là, le souffle court, le cœur et la tête pleins de rêves et de désirs tortueux.

Évidemment, le trouble qui habitait aussi bien Trevor que Lenore n'échappa pas à Elwin. Les deux créatures suivaient un ballet incessant pour s'éviter. Dès que la gouvernante se joignait à eux pour les repas, son frère devenait soit mutique, soit maladroit. Annabeth ne perdait pas une miette de cette transformation, sans en comprendre vraiment la raison. Curieuse, elle interrogea Elwin, qui ne put que rire et lui répondre qu'il s'agissait là d'une affaire d'adultes. La phrase ne fut pas au goût de la demoiselle, mais Elwin la laissa tempêter dans son coin. Il ne fut pas le seul à surveiller le rapprochement de son frère et de la gouvernante. La vigilance de Chambers et la perspicacité de Mme Miranda leur permirent de comprendre rapidement sur quel chemin ces deux-là s'engageaient. Il devint étrangement fréquent que le premier laisse traîner le courrier tant il était distrait, tandis que la seconde réalisait des plats et des desserts évoquant tous l'amour : paon farci faisant la roue, pudding cœur coulant, compotée de pommes et amandes perdues se disputaient les honneurs de la table.

Malgré toutes ces simagrées, Lenore passa totalement à côté des signes qu'on lui envoyait. Elle s'évertua à éduquer au mieux Annabeth, à s'absorber dans sa musique à des heures plus tolérables, et à suivre l'avancement de la rénovation de Haddon Hall. Elle adopta ainsi une routine, que ne venait rompre qu'une rencontre impromptue avec Lord Ashmore. Au détour d'un couloir, dans le jardin, il flottait toujours entre eux un moment de gêne et de désir, une hésitation infranchissable. Quand on savait quelle réputation était celle de Trevor, on ne pouvait que saluer sa maîtrise de lui-même. Lenore ne l'en admira que davantage et, petit à petit, ses doutes s'émiettèrent. De fait, lorsque avril arriva, le retour aux champs se fit dans l'allégresse et Lenore dut donner raison aux domestiques : le retour de Lord Ashmore avait bien été synonyme d'espoir pour eux. Restait à savoir s'il serait capable de lui offrir de nouvelles promesses.

Ce fut à l'occasion d'une visite aux métayers, durant laquelle Lenore et Annabeth avaient distribué d'autres largesses, que la gouvernante se sentit épiée. Jetant un coup d'œil par-dessus son épaule, elle avisa un cavalier, en haut de la colline, non loin d'eux. Il était trop loin pour qu'elle ne distingue son visage. La posture de la jeune femme alerta l'un des paysans, qui essaya de la rassurer aussitôt :

— C'est rien que M. Whaley, madame. On le voit souvent par ici ces derniers temps !

La mention de l'homme fit tiquer Lenore. Prudente, elle remercia le métayer et hâta leur visite. Elle se fit garde de mettre Annabeth dans la charrette et de rentrer rapidement, soufflant à Chambers, qui les avait accompagnées, que M. Whaley traînait sur leurs terres. Cette nouvelle ne fut pas plus à son goût qu'à celui des frères Ashmore. Les sorties d'Annabeth loin de la maison de maître furent réduites. La demoiselle ne s'en aperçut guère, tant Lenore redoubla d'efforts pour l'occuper. Trevor lui en sut plus gré que jamais.

Et en effet, s'il se trouva un être qui ne fut pas ravi de la renaissance de Haddon Hall, voyant dans cette résurgence une insulte à sa personne, ce fut bien M. Whaley.

S'il avait volontiers troqué une fille contre de l'argent, il fut soufflé de voir à quel point les travaux entrepris sur le domaine le firent paraître florissant. Il n'était venu, la première fois, que rendre une visite de courtoisie à ses voisins. Après tout, malgré leur petit accroc, ils pouvaient certainement s'entendre, et il y avait aussi certainement encore un peu de bien à récupérer. Si toutefois Whaley manœuvrait bien Lord

Ashmore. Mais, manifestement, ce dernier avait les moyens de ses ambitions et cinq mille livres n'étaient qu'une goutte d'eau dans l'océan pour lui. M. Whaley en conçut une rage pleine d'indignation. Il voyait mal désormais ce que la mort de l'ancien lord avait pu produire d'aussi fâcheux qu'il faille rompre les fiançailles. Il avait cru à un problème pécuniaire que seule la fortune du démon des Manners comblerait. Force était de constater qu'il s'était trompé. En d'autres termes, c'était certainement lui que l'on avait trouvé indésirable. Les mâchoires serrées à s'en faire sauter les dents, il se résolut alors à faire ce que tout gentleman s'interdit normalement de faire : se comporter comme le dernier des voyous. Il rechigna à s'en prendre aux paysans directement. Il n'était quand même pas homme à se salir les mains de la sorte. De même, si l'idée d'embaucher quelque malfrat pour rosser Lord Ashmore lui vint en tête, il fut trop craintif pour s'aventurer dans les bas quartiers de Bakewell, voire de Matlcok. Un soir, au crépuscule, apercevant la silhouette trapue et massive du moulin qui enjambait la rivière Wye, il décida de résoudre le problème tout seul. Après tout, sans moulin, point de farine. Ce qui revenait à écoper de lourdes pertes. Peut-être alors serait-il temps de reproposer son secours bienvenu. Il ne demanderait en échange qu'un nom et des privilèges. Rien d'insurmontable.

Au moment où il garnit le pied du moulin d'étoupe

et qu'il se mit à battre le briquet, M. Whaley était certain de son intelligence et de la réussite de la manœuvre. Il avait tort au moins sur l'un de ces deux points.

Chapitre 11

La rivière Wye

Au cœur de la nuit, Trevor entendit tambouriner à sa porte. Sa première pensée fut de chasser le maraud qui l'importunait alors qu'il avait l'impression d'avoir tout juste fermé l'œil. Cependant, quand les coups redoublèrent d'intensité, il se dressa sur son séant, paniqué. La mine de Chambers, en ouvrant la porte, ne fut pas pour le rassurer. Le majordome avait le souffle court, l'œil mobile et paniqué.

— Annabeth ? s'alarma aussitôt Trevor.

— Non, monsieur. Mais un incident est survenu sur le domaine. Le moulin est en feu !

— Juste ciel ! Qu'on selle mon cheval ! Mobilisez tout le monde, nous aurons besoin de bras pour éteindre l'incendie, ordonna aussitôt Trevor en se saisissant de son manteau.

Il n'avait pas le temps de se mettre en frais de toilette. De manière osée, la main de Chambers le retint. Plus que tout, cela traduisait le malaise du majordome, qui en avait pourtant vu de belles.

— Le métayer qui a couru jusqu'ici avait le nez en sang, monsieur. Il dit qu'il s'est battu avec M. Whaley, pour l'empêcher d'incendier le moulin, en vain…

Trevor rabattit vivement son manteau autour de son corps.

— Qu'on selle mon cheval ! aboya-t-il de nouveau, sans faire d'autre commentaire.

Il sortit au pas de charge, raide comme un piquet. N'eût été la couleur pivoine de son visage, démontrant sa rage, on aurait pu croire qu'il était simplement pressé. La maison était dans un affolement général, mais Trevor traversa tout cela comme si de rien n'était. Il n'avait en tête que l'urgence de la situation et les milliers de promesses de tordre le cou à ce misérable. Il bondit sur le cheval qu'on lui amena plus rapidement que jamais et, d'un coup de talon, s'élança dans la nuit. Il savait que son allure n'était guère prudente, mais Trevor était dévoré par la rancœur. Sa monture cavalait sur le chemin comme en plein jour, avalant les kilomètres. Par deux fois, il évita de justesse une branche. Lorsqu'il aperçut une lueur orangée dans le ciel, il ralentit. Le cheval se cabra, mais Trevor tint bon. Il en descendit à quelques mètres du moulin et de la fournaise qu'il dégageait. Il attacha la bride de l'animal dans un endroit tranquille et chargea un jeune garçon de faire attention à lui. Puis, il avança droit vers le moulin. Ses grandes ailes étaient en lambeaux et disparaissaient sous les flammes qui léchaient le bois avec application. Des vagues de chaleur lui parvinrent, en même temps que des braises emplissaient le ciel, semblables à de minuscules étoiles de l'enfer. Hommes, femmes et enfants puisaient dans la rivière pour jeter seau après seau sur le moulin, sans parvenir à amoindrir le feu. Déjà l'incendie avait gagné la maison qui le jouxtait. Les cris de panique et de résilience autour de Trevor le harponnèrent. Il se joignit à ses métayers, attrapant le premier baquet qui passait :

— Qu'un groupe fasse le tour de la bâtisse, il faut le prendre en tenaille ! rugit-il.

Personne ne discuta ses ordres, bien que les hommes soient surpris de le voir surgir parmi eux. Agressé par la chaleur, Trevor dut abandonner son manteau à même le sol. En simple chemise et pantalon noir, il trimait au même rythme que les autres. Sa chevelure de miel lui tombait dans les yeux. La sueur couvrait son front et dévalait le long de sa colonne vertébrale. Ses bras, surtout, criaient au supplice, à force de manier les lourds seaux dont l'eau lui arrosait copieusement les pieds. Il ne s'arrêta pas pour autant, soufflant et pestant, mais sentant qu'ils gagnaient du terrain sur les flammes. Soudain, un craquement sinistre retentit et Trevor chercha autour de lui quelle en était la source. Avec une lenteur presque calculée, il vit l'une des ailes se briser tandis que le bois se rendait à l'incendie. Elle se détacha des autres et tint un bref moment à la verticale en chutant dans l'eau. Une fumée terrible jaillit aussitôt, les asphyxiant. Et, comme si l'aile venait de comprendre que les lois de la gravité l'obligeaient à céder, elle bascula. Trevor hurla aux autres de se reculer, mais pas assez vite. Avec effroi, il vit plusieurs hommes être emportés par l'aile perdue, et précipités dans la rivière. Il agrippa la main de l'un d'eux tout au bord et le hissa sur la berge. On l'imita aussitôt, mais trop lentement. Une tête hirsute émergea à quelques mètres, secondée par des mains qui s'agitaient frénétiquement.

— Au secours ! entendit Trevor.

La panique redoubla quand on comprit que l'homme ne savait pas nager. Harassé, Trevor tituba le long de la rive, cherchant un point d'appui. Il avisa une pierre relativement plate, surplombant l'eau. Il se mit à genoux dessus et balança son bras pour essayer d'atteindre le malheureux, mais sans succès. Il n'avait guère le choix s'il voulait le sauver… Avant d'avoir vraiment eu le temps de réfléchir, il plongea dans la rivière. Il saisit l'homme, à demi conscient, à bras-le-corps. L'onde était glacée et lui éclaboussait le visage, essayait de pénétrer dans son nez et sa gorge. Trevor n'entendait plus rien de l'incendie ou des cris des métayers. Seuls les rugissements de l'eau et le courant traître l'entouraient. Il chercha à prendre appui quelque part, à gagner un endroit où il aurait pied, mais se sentit inexorablement ballotté par la rivière. Une voix ironique lui rappela qu'il s'agissait de cette maudite rivière Wye. Le frisson qui parcourut son corps n'eut soudain plus rien à voir avec le froid. Quelque chose trembla jusque dans son cœur. C'était ainsi qu'Abigaïl était morte. Elle avait senti les mêmes eaux ténébreuses embrasser son corps et la tirer vers le fond. S'était-elle débattue ou sa résolution l'avait-elle emportée vers l'abysse immédiatement ? La panique accéléra le pouls de Trevor. Lui ne voulait pas mourir. Cette certitude le frappa, lui donnant un regain d'énergie. Il se laissa porter un moment par l'eau, attirant à lui le corps de l'homme qu'il essayait de sauver. Ils flottèrent ainsi, subissant les à-coups de la rivière, les déchirures des cailloux qui entaillaient leurs chairs. Enfin, Trevor perçut que le courant s'apaisait. Gardant la tête hors de l'eau, et une main autour du métayer, il avança à petites brassées, ahanant. Lorsqu'il sentit de l'herbe caresser sa main tendue, il étira davantage les doigts. Elle semblait filer sans cesse de sa poigne, mais il ne renonça pas. D'un vif battement de jambes, il se propulsa contre le rivage. Sa joue rencontra l'herbe humide et des galets pointus. De la terre se colla à sa peau, macula sa bouche tandis qu'il rampait littéralement pour s'extirper de son tourment. Ses poumons étaient en feu, ses membres engourdis par le froid. Il toussa violemment, crachant de l'eau, mais eut la force de traîner le corps du métayer derrière lui. Ses pieds étaient toujours dans l'onde, mais il était hors de danger. Dès qu'il réalisa cela, Trevor chancela. Un souffle rauque et bruyant lui emplissait les oreilles, et il s'aperçut qu'il s'agissait du sien, accompagné par des claquements réguliers. Ses dents s'entrechoquaient. Il aurait voulu s'arrêter, se reposer un peu, mais il savait qu'il ne pouvait pas. Pas avec ce froid. Il mit ses jambes au supplice, mais avança, jusqu'à être en mesure de s'appuyer contre un arbre. Il s'y adossa et regarda autour de lui. Du feu. Il fallait faire du feu. L'ironie de la situation le fit rire, lui arrachant au passage une nouvelle quinte de toux. Il n'avait aucune idée de comment s'y prendre. Si Chambers avait été là, nul doute que ses réflexes de soldat, et son expérience, leur auraient permis de se tirer de ce mauvais pas.

Avec un grognement sourd, Trevor essaya de se redresser. Des points noirs dansèrent devant ses yeux. Il les chassa, s'entêtant. La dernière chose qu'il vit fut une lueur orangée, au loin, dans le ciel.

Puis, il eut l'impression de flotter. Mais, cette fois, la rivière était calme. Le bruit autour de lui n'était plus assourdissant. Il y avait quelque chose de réconfortant dans le ballottement de son corps. Il ne sentait rien d'autre, mais il s'accrocha à cette sensation. Une impression de chaleur le recouvrit, comme une main apaisante. Il la repoussa en grommelant. Il ne partirait pas. Un rire résonna alors dans sa tête, le poussant à ouvrir vaguement les yeux. Une silhouette pâle se tenait au-dessus de lui, et sans qu'il sache comment, le faisait avancer sur le dos. C'était une femme, à la chevelure brune, éparse autour d'elle.

— Abigaïl…, souffla-t-il.

Elle lui sourit, mais il ne distingua pas complètement son visage.

— Je suis désolé, lui dit-il. Je ne peux pas te rejoindre. Je…

Il fut incapable de finir sa phrase. L'émotion le broyait et la fatigue fit papillonner ses yeux, incapables de faire le point sur ce qu'il regardait. Une odeur rance le prit à la gorge. L'odeur de la mort, sans aucun doute. De l'enfer, peut-être. Après tout, il avait ruiné bon nombre d'escrocs à Londres. Il s'était affamé, s'était étourdi dans les plaisirs de la vie, au point d'en délaisser sa famille. Une bonne action ne pouvait racheter toutes les autres. Un regret ultime le traversa, tel un poignard, quand il songea qu'il allait recommencer. Qu'Elwin et Annabeth seraient seuls. Ainsi que Lenore. Il se revit dans la salle de musique, si près d'elle. Il partirait avec le seul souvenir du goût de ses lèvres, quand il aurait voulu tellement plus. Elle. Elle tout entière. Son parfum, sa bouche, ses seins. Il aurait voulu s'enfouir en elle et la faire crier de plaisir. S'oublier dans le monde et le temps. L'épouser. Élever leurs enfants. Mourir avec elle. Ces désirs affolants arrachèrent un cri étouffé à Trevor. Il chassa l'image floue d'Abigaïl, repoussa l'odeur qui le rendait malade. C'était trop tôt !

— Monsieur !

Il connaissait cette voix. Une poigne ferme le plaqua contre une surface dure.

— Tout va bien, nous prenons soin de vous, monsieur. Vous êtes en vie et je ne vous laisserai pas mourir !

— Cham… bers…, articula péniblement Trevor.

Des flashs orangés l'aveuglèrent et, instinctivement, Trevor tourna la tête. Une odeur de pin humide l'assaillit, chassant de ses narines l'odeur de soufre. Le contact était frais, rugueux, tout comme ce qu'il avait sous la main. De la laine ? Une couverture, comprit-il. Avec étonnement, il se rendit compte que ses doigts étaient redevenus sensibles. Il souleva une paupière, épuisé. Une charrette. Chambers à ses côtés. Il sourit faiblement et sombra définitivement.

Un pépiement joyeux força Trevor à ouvrir les yeux. Il essaya de se retourner, mais son corps protesta violemment. Il avait mal absolument partout, y compris à des endroits dont il ne soupçonnait pas l'existence. Il roula néanmoins sur le côté, s'appuya contre la paroi de bois et se redressa en s'affalant pratiquement contre Chambers.

— Bonjour, monsieur, fit le majordome avec un sourire soulagé.

Trevor avança la main pour toucher son épaule. La couverture qui le couvrait tomba sur ses genoux, tire-bouchonnant autour de sa taille. Lorsque Trevor sentit le tissu épais de la veste noire du majordome, ainsi que la chaleur qu'il dégageait, il soupira de soulagement. Ce n'était pas un rêve. Et, vraisemblablement, il n'était pas mort.

— Que s'est-il passé ? demanda Trevor.

— Vous êtes tombé en hypothermie, monsieur. Nous vous avons retrouvé près de la rivière. Nous vous avons ramené au moulin et vous avons réchauffé. Par chance, le médecin a vu l'incendie et s'est précipité vers nous. Il a pris soin de vous.

Trevor se frotta les yeux, se sentant très las.

— Le métayer ? interrogea-t-il Chambers.

Ce dernier sourit plus encore, fier comme un coq.

— Vous l'avez sauvé, monsieur. Il s'est réveillé un peu avant vous.

D'un geste du menton, Chambers désigna un homme, entouré par sa femme et un autre homme d'âge mûr. Son père, certainement. Ce dernier croisa son regard et en avertit le métayer. Aussitôt, celui-ci se détacha de ses proches et s'avança vers Trevor. Ce dernier put voir à quel point le moindre pas en coûtait au métayer. Ses yeux étaient soulignés par de grands cernes violacés. Ses lèvres étaient encore légèrement bleuies. Trevor était certain de ne pas avoir meilleure mine. Il lui serra vigoureusement la main, accueillant ses remerciements avec bienveillance.

— Reposez-vous à présent. Et si vous avez besoin de quoi que ce soit, faites-le-moi savoir. J'enverrai le médecin vous visiter à la moindre alerte, l'assura Trevor.

— Je vous dois la vie, Lord Ashmore, j'abuserai pas plus de votre bonté, protesta le métayer.

— Oh si, pour ceux qui vous aiment ! Croyez-moi ! Ça vaut bien de mettre son orgueil de côté, répondit Trevor en désignant la jeune femme et le vieil homme derrière eux.

Il s'avéra que le moulin s'était totalement écroulé, malgré les efforts de tout le monde. Ainsi qu'une partie de la maison attenante. Néanmoins, les flammes avaient pu être contenues et il n'y avait aucun autre dégât à déplorer. Quelques brûlures, pour lesquelles Trevor assura au médecin qu'il s'acquitterait de la facture pour tous. Il en fut quitte pour une migraine au bout d'une heure à s'agiter ainsi, mais cela lui fut presque agréable car la douleur lui rappelait qu'il était bien vivant. Finalement, le médecin s'éloigna ; le soleil était déjà haut, et Trevor se tourna vers Chambers.

— A-t-on signalé l'implication de M. Whaley ?

— Oui, monsieur. La nouvelle doit courir toute la région à l'heure qu'il est. Et je gage qu'elle atteindra Londres avant lui.

— Nous nous y emploierons. Cet homme me doit une vie…, grinça Trevor. Mon cheval ?

— Je ne pense pas que ce soit raisonnable, monsieur, protesta Chambers.

— Il va donc bien, s'enthousiasma Trevor.

— On l'a fait ramener à Haddon Hall dans la nuit, monsieur.

Trevor en fut soulagé. Il n'aurait pas souhaité que la pauvre bête reste la journée attachée à un arbre. Puisqu'il ne pouvait rien faire de plus pour l'heure, il se laissa aller contre la charrette et observa le paysage qui défilait lentement sur le chemin du retour. Ce n'était pas inconfortable, juste assez inhabituel. Tandis que les bourgeons des arbres s'offraient à sa vue, Trevor se sentit lui aussi parcouru de cette même sève. Un nouveau jour fleurissait. Un jour durant lequel il allait regagner sa maison. Sa famille. Son espoir d'avenir. Malgré la fatigue, l'imminence du retour le poussa à se redresser et à guetter les tours de Haddon Hall. Au moment de franchir le grand portail, il observa un point, à l'horizon : un éclat azur, dansant au milieu des arbres. Était-ce un rayon de soleil, ou bien… ?

— Puisses-tu reposer en paix…, murmura-t-il en direction de la rivière Wye.

Puis, le cœur plus léger, il fit face à sa demeure, sur le perron de laquelle plusieurs silhouettes avaient accouru. Elwin, grâce à ses grandes jambes, fut le premier sur lui. Il grimpa à même la charrette, affolant quelque peu le conducteur et les chevaux, et se jeta à son cou. Il ne dit pas un mot, se contentant de le serrer contre lui. Une secousse ébranla ensuite Trevor, suivie d'un long sanglot.

— Trevor ! J'ai cru que vous étiez mort ! Vous n'êtes qu'un imbécile !

Annabeth. En larmes, de colère, de joie, de soulagement. Il caressa sa tête, savourant de les retrouver.

— Je suis désolé, Beth, je ne voulais pas vous inquiéter.

Le surnom, qui s'échappait pour la première fois des lèvres de Trevor, fit redoubler les pleurs de la petite. Chambers observait tout cela, l'œil humide également.

— Il vous faut prendre un bain chaud, et manger !

— Vous avez entendu, vous autres ? Le maître est rentré, et il a besoin de nous ! clama la voix forte de Mme Miranda, qui s'était jointe à l'attroupement.

Aussitôt, les valets s'éparpillèrent comme une nuée d'oiseaux. Avec précaution, Chambers et Elwin aidèrent Trevor à descendre de la charrette, en veillant à le laisser emmitouflé dans sa couverture. L'ourlet d'une robe d'un marron chaud entra alors dans le champ de vision de Trevor. Il releva la tête et tomba nez à nez avec Lenore.

Les mains crispées l'une contre l'autre comme si elle priait, la gouvernante le fixait avec émotion. Ses yeux noisette étaient embués, sa bouche tressautait. Trevor se redressa et sentit ses deux soutiens le laisser aller, seul. Lenore tendit aussitôt les bras pour le récupérer. Avec une force qu'il ne soupçonnait pas, elle le serra contre elle. Elle ferma les yeux en sentant leurs corps se rencontrer. Son cœur battait la chamade, trop incrédule de voir Trevor en vie. Les quelques heures durant lesquelles il avait disparu dans la nuit avaient été les pires de l'existence de Lenore. Elle croyait pourtant avoir déjà affronté le pire, mais Lord Ashmore avait vite fait de la détromper. Seule, dans sa chambre, elle aussi avait été la proie des fantômes de son passé. En larmes, terrifiée, elle avait supplié pour qu'on lui ramène le maître de maison. Elle avait juré qu'elle souffrirait le martyre plutôt que de le savoir mort. Qu'elle resterait, quoi qu'il lui en coûte. À cet instant, ce serment lui avait paru facile à tenir. Mieux, il avait des airs de profession de foi.

Elle sentit Trevor lui rendre son étreinte.

— Voilà un accueil qui me réjouit, mademoiselle Forester…

L'accent licencieux dans sa voix n'échappa pas à Lenore et elle ne put s'empêcher de rire.

— Je vois que vous vous portez comme un charme !

— N'exagérons rien…

Lenore s'écarta de lui, mais laissa ses mains dans les siennes.

— Bienvenue chez vous, Lord Ashmore, susurra-t-elle en plantant son regard de biche dans le sien.

Trevor trembla à ses mots, et à toute l'invitation qu'il y lisait. Il fit remonter une main le long du bras de Lenore, engloba son épaule, caressa sa joue veloutée avec envie. Elle écarta légèrement les lèvres et se pencha vers lui. Il avait envie de cueillir ce baiser et de s'enfermer pour les heures suivantes avec elle, dans une pièce reculée de Haddon Hall. Mais il ne pouvait agir ainsi. Cette nuit, quelque chose en lui était mort, et autre chose était né. Il devait traiter Lenore avec le respect qu'elle méritait. C'était à ce prix qu'il serait digne de son amour. Il captura son soupir lorsqu'il embrassa sa joue et murmura à son oreille :

— Là… j'aime quand vous prononcez mon nom.

Il baisa ensuite ses doigts, cherchant dans ses prunelles le feu caractéristique qui habitait la jeune femme. Le désir et la joie qu'il y lut le convainquirent qu'il avait pris la bonne décision. Il lâcha doucement sa main, afin qu'elle ne doute pas de ce qui venait de se passer entre eux, puis, comme un prince de conte s'éveillant d'un long sommeil, tandis que le soleil baignait Haddon Hall, il franchit les degrés de sa demeure et y pénétra, comme pour la première fois.

Chapitre 12

Retour de bâton

Le monde ne semblait plus tourner rond pour Trevor. Il était botté de plomb, et n'aspirait qu'à deux choses : quitter ses vêtements rêches et encore humides, puis retrouver son lit même si la journée était déjà bien avancée. Néanmoins, il eut à peine le temps d'atteindre la moitié de l'escalier, Chambers sur les talons, qu'il entendit des voix s'élever derrière lui. Il pensa d'abord que Lenore et Elwin conversaient avec Annabeth, mais ne reconnut pas leurs timbres. Ils étaient pourtant non loin, dans l'escalier. Toute une troupe le suivait, impatiente de le voir au repos et en sécurité après ces heures d'inquiétude et d'effort. Avec lassitude, Trevor regarda par-dessus son épaule. Machinalement, il se frotta les paupières, persuadé qu'il devait rêver, mais l'homme qui se tenait sur son seuil ne disparut pas. Au contraire, il leva les yeux vers lui et se figea. Son chapeau entre les doigts, il n'écoutait pas un mot de ce qu'un domestique lui disait. Trevor s'appuya contre la rambarde de l'escalier, pour prendre une contenance et se rappeler comment respirer.

— Laissez-le entrer, demanda-t-il de la voix la plus neutre possible.

Le domestique obéit, sous un haussement de sourcil étonné de Chambers. L'homme qui s'avança était plutôt petit et replet. Son visage ridé, aux joues rubicondes, était surmonté de fines lunettes. Sa chevelure presque blanchie était soigneusement peignée. Ses vêtements n'étaient pas de prime jeunesse, mais bien entretenus. Pourtant, ce qui aurait pu passer pour une allure propre et un brin débonnaire s'arrêtait dès que l'on plongeait dans son regard globuleux et terne. Chambers eut un mouvement de recul en songeant que cet homme devait être ivre, ou sous l'emprise de quelque chose. Cependant, lorsque le visiteur s'approcha gauchement de l'escalier, sa démarche tenait davantage du malaise que d'un quelconque abus. Trevor ne bougea pas, le laissant venir à lui. Déjà parce qu'il était épuisé, ensuite parce qu'il en était incapable tant la surprise achevait de lui scier les jambes.

— Monsieur Manchester, soyez le bienvenu… Vous arrivez malheureusement fort mal, j'en ai peur…, déclara posément Trevor.

Lenore, qui remontait derrière lui avec Annabeth, sentit son cœur manquer un battement. Elle se retourna précipitamment et dévisagea l'homme avec angoisse. Involontairement, ses doigts se crispèrent sur l'épaule de son élève. D'un rapide coup d'œil, elle vit Elwin adopter la même attitude défensive qu'elle.

— Lord Manners, je vous prie de m'en excuser, commença le nouveau venu.

— Nous vous prierons d'appeler monsieur « Lord Ashmore », intervint Chambers avec une grimace.

Il avait devancé son maître de quelques secondes. La manœuvre n'échappa pas au concerné qui apposa une main sereine sur le bras de son majordome. En signe de remerciement, et de paix. Leur visiteur resta coi un bref instant, avant de se reprendre.

— Oh ! Bien sûr, répondit M. Manchester.

— Si vous voulez bien m'attendre quelques instants dans le petit salon, je vous rejoins sous peu, fit Trevor. Comme vous pouvez le deviner à ma mise, ces dernières vingt-quatre heures ont été pleines de rebondissements, et j'ai besoin d'un moment.

L'homme opina et on le conduisit directement près de l'âtre, dans la pièce en question. Pendant ce temps, Trevor reprit son ascension, après un regard à Chambers. Il dériva vers Elwin et Lenore. Son frère semblait prêt à se ruer à la suite de M. Manchester pour l'étriper. Lenore, plus raisonnable, eut un petit sourire crispé, avertissant Trevor qu'elle avait parfaitement reconnu le nom de famille de leur visiteur. Trevor n'aurait su dire si la présence du père d'Abigaïl, dans sa maison, à cette heure, était un signe du destin. Cela ne pouvait en tout cas pas être un hasard.

Avec mélancolie, il se demanda ce qu'il avait réveillé dans les eaux de la rivière Wye durant la nuit. Il n'avait jamais cru aux histoires de revenants, de banshees et autres esprits vengeurs qu'on se racontait au coin du feu, pour se faire peur. Mais après une aventure pareille, il était enclin à plus de crédulité et de souplesse. Quand il passa la porte de ses appartements, il en apprécia le calme. L'idée de rester ici plus que nécessaire l'effleura. Celle de se tremper dans un broc d'eau chaude l'assaillit, mais il savait que malgré sa fatigue écrasante il devait passer cette épreuve. Le repos viendrait ensuite. Par réflexe, il glissa sa main dans la poche de son pantalon, et s'immobilisa. Il la palpa consciencieusement, mais n'y trouva rien. Trevor attendit la vague de panique qui aurait dû le submerger, mais seul un calme résolu l'envahit.

— Tout va bien, monsieur ? s'enquit Chambers en l'observant, l'air soucieux.

— Oui, je crois…, répondit vaguement Trevor.

— Monsieur souhaite-t-il que j'interrompe votre conversation au bout d'un certain temps ? proposa Chambers tout en aidant Trevor à passer des vêtements secs et propres.

L'idée n'était certes pas mauvaise, et avait déjà fait ses preuves lorsque Trevor avait dû se débarrasser de gêneurs. Néanmoins, cette fois, il savait qu'il devait agir autrement. Rajustant sa veste autour de son corps encore frissonnant, il secoua la tête.

— Je vous remercie, Chambers, mais ça ne sera pas utile. Je crois que M. Manchester et moi avons des choses à nous dire. Avec douze ans de retard…

Un voile d'inquiétude passa sur les prunelles du majordome, mais il obéit, comme toujours. Lorsque Trevor prit le chemin du petit salon, Lenore et Annabeth n'étaient plus en vue. Elwin, en revanche, se tenait au pied de l'escalier. Il suivit Trevor du regard et plaça naturellement ses pas dans les siens dès qu'il atteignit le rez-de-chaussée. Trevor apprécia le geste, sentant le désir de son frère d'être à la fois un témoin et un réconfort pour lui.

M. Manchester se leva du fauteuil confortable dans lequel il avait attendu à la seconde où Trevor fit un pas dans la salle. Ce dernier leva une main pour lui montrer l'inutilité de respecter tout le protocole. Il était trop fatigué pour cela et il était certain que la venue de M. Manchester, depuis Snitterton, n'avait pas non plus été une sinécure. S'il demeurait toujours là-bas.

— Lord Ashmore, je suis heureux de vous revoir, après tout ce temps. J'aurais dû me manifester plus régulièrement, j'en ai conscience, seulement…

— La chose était compliquée, approuva Trevor. Connaissez-vous mon frère, Elwin ?

— Non, je n'avais pas ce plaisir, le salua poliment M. Manchester. Quand j'ai appris votre retour à

Haddon Hall, j'ai été fort surpris… et désireux de vous présenter mes respects. Mais, j'en ai été empêché…

— Vous êtes pourtant là, devant moi…, protesta Trevor.

— Le hasard a voulu que je me trouve non loin de vos terres. En cours de route, j'ai eu vent de votre infortune de la nuit passée… cela m'a fait hésiter, cependant…

M. Manchester se tassa sur lui-même, et l'humeur de Trevor s'assombrit. Il attendit la suite, à peu près certain désormais de la raison de la présence de cet homme chez lui. Il aurait dû se douter que l'apparition soudaine de Manchester, après toutes ces années, avait peu de chance d'être due à un changement radical de son comportement. Le hasard n'avait rien à voir là-dedans non plus. Lui-même ne devait sa métamorphose qu'à la présence de Lenore et d'Annabeth. Et à une chute quasi mortelle dans la Wye. Les hommes de ce coin du pays semblaient avoir la tête décidément bien dure.

— Écoutez, Lord Ashmore… je… je sais que vous avez réussi après la mort d'Abigaïl. Quant à moi, ma vie s'est arrêtée avec elle…

Elwin se raidit imperceptiblement dans son dos. Trevor sut qu'il avait, d'une façon ou d'une autre, compris le tour que prenait cette conversation. Bien qu'il tentât de se persuader que l'intention de Manchester n'était pas de l'insulter, Trevor serra les poings de colère. Sous-entendre qu'il avait tourné la page aussi facilement, voire qu'il avait passé toutes ces années heureux et satisfait de son sort, était révoltant. La mâchoire crispée d'Elwin et son regard assassin en disaient long sur ce qu'il pensait de la situation. Cela confirma à Trevor que son instinct ne l'avait pas trompé.

— Combien vous faut-il ? trancha Trevor, désireux de raccourcir cette entrevue ridicule.

M. Manchester sursauta et eut le bon goût de rougir, ce qui accrut le dégoût d'Elwin. Son regard passa de son frère à leur visiteur. Il admira le calme avec lequel Trevor gérait cette demande inconvenante. C'était à peine s'il avait tiqué à l'insulte qu'on lui avait faite. Il nota cependant qu'il avait la nuque raide et que ses yeux bleus étincelaient furieusement. Depuis qu'il était petit, Elwin avait appris à déchiffrer les humeurs de son frère à travers les ombres de son regard. Cette lumière-là était de mauvais augure. Il pouvait cependant difficilement en vouloir à Trevor. L'homme en face d'eux avait renoncé au bonheur de sa fille contre de vulgaires pièces, il s'en souvenait parfaitement même s'il n'était à l'époque âgé que de quinze ans. Et, aujourd'hui, M. Manchester jouait sur la mort de sa fille, la seule femme que Trevor ait jamais aimée, pour l'apitoyer. Comme si cela lui importait vraiment, alors qu'il n'avait pas songé un instant au bonheur des deux jeunes gens. Un tripot aurait pu remplacer son cœur, Elwin n'en aurait pas été plus surpris que cela.

Trevor étira son cou, cherchant à faire descendre la tension qui l'habitait. Il avait envie de jeter Manchester dehors, de l'humilier, comme il l'avait fait maintes fois avec les pourritures de Londres qui, sans discontinuer, avaient cherché à se mettre dans ses bonnes grâces ou à retirer un lambeau de sa puissance de futur comte de Rutland. Mais, par égard pour son ancienne fiancée, il se retint.

— Mille livres, finit par avouer Manchester. J'ai… je me suis endetté auprès de certains hommes, à Londres. Mener un train de vie approprié est délicat et je… j'étais désespéré. M. Dewitt a été la seule main secourable que j'ai rencontrée.

— Vous avez dit Dewitt ? répéta Trevor, soudain alarmé.

M. Manchester opina, en se mordant les lèvres.

— M. Georges Dewitt ? Le parieur ?

— Lui-même. Vous… le connaissez ? répondit Manchester en pinçant les lèvres face à cet aveu peu glorieux.

Trevor chancela et Elwin dut l'aider à s'asseoir dans le fauteuil le plus proche. Une main sur sa bouche, l'air interdit, les yeux écarquillés, Trevor prenait la pleine mesure de ce que l'on venait de lui annoncer. Il avait eu raison, la venue de Manchester n'était pas un hasard. C'était entièrement sa faute. Il se revit, quelques mois plus tôt, dans ses appartements londoniens.

Dewitt était à ses pieds et, comme à l'accoutumée, il l'avait piétiné. Parce que Georges Dewitt était un escroc que la bonne société voyait comme un mal nécessaire pour se distraire et conserver sa place dans le monde. Trevor n'avait jamais pu supporter une telle doctrine. Ni même la rigueur de la hiérarchie sociale. Aussi avait-il employé chaque minute de son temps à la mettre à mal en s'en prenant à des individus de ce genre. Il avait fait payer à Dewitt son comportement odieux en faisant pression sur lui et en le privant de son cheval de course. Ce faisant, il avait poussé l'homme à montrer les crocs… envers ses subordonnés. Pour rattraper ses pertes, Dewitt avait resserré le collier qu'il avait passé autour du cou de ses propres débiteurs.

Les doigts tremblants, Trevor essaya de se reprendre. Il n'aurait jamais pu prévoir une telle chose. Mais il aurait dû l'imaginer. Il savait, après tout, jusqu'où les bassesses des hommes les entraînaient. Il en avait été victime, tout comme Abigaïl : son propre père avait accepté quelques milliers de livres en échange de la promesse qu'il refuserait d'accorder sa bénédiction à leurs épousailles. Sa duplicité l'avait même poussé à promettre qu'il la tiendrait le plus éloigné possible de Trevor. Comme il avait ignoré à quel point il avait vu juste, alors…

Trevor déglutit. Il avait cru que s'ériger en censeur couperait le mal à la racine. Il s'était trompé. En se faisant justice lui-même, il avait certainement empiré la situation de nombre de ses semblables, obtenant ainsi le parfait effet inverse à ce qu'il avait recherché. Horrifié, il se propulsa hors du fauteuil. Les flammes dansèrent sur son visage et la chaleur qui coula jusque dans ses os lui fit du bien.

— J'y consens, annonça-t-il.

Elwin ouvrit la bouche, sidéré, et s'apprêtait à parler lorsque Trevor leva une main pour l'arrêter. Il fit soudain face à M. Manchester, reprenant son air de dandy londonien implacable. Le démon des Manners. Le menton haut, l'air hautain et le regard glacial, il détacha chaque syllabe pour être certain que son interlocuteur comprenne bien ce qu'il disait :

— J'ai aimé votre fille. Sans mon père, et sans vous, je l'aurais épousée. J'aurais fait son bonheur. Elle aurait été la maîtresse de Haddon Hall. Vous nous avez retiré tout cela. Vous êtes responsable de sa mort, aussi sûrement que Lord Manners.

Manchester ouvrit la bouche, cherchant ses mots, mais Trevor ne le laissa pas s'exprimer.

— Néanmoins, une partie de votre détresse m'est imputable. Je vous donnerai deux mille livres. Afin d'éponger vos dettes et de vous donner de quoi rebondir.

— Je… mais…, balbutia Manchester.

Elwin tournait la tête entre les deux, essayant de saisir où son frère voulait en venir, sans parvenir à comprendre ce qui se passait et ce qui pouvait pousser Trevor à agir ainsi. Les remords et regrets de la perte d'Abigaïl le taraudaient-ils à ce point ? Ou était-ce, au contraire, les beaux yeux de la gouvernante qui l'inspiraient ? Elwin n'avait pas perdu une miette des échanges muets entre eux dans l'escalier. Si la petite scène après la périlleuse aventure de Trevor n'avait pas suffi, cela avait achevé de convaincre Elwin que son frère aimait à nouveau.

Trevor reprit la parole, de façon impérieuse :

— Après cela, je ne veux plus *jamais* vous voir à Haddon Hall. Je considérerai que ma dette envers Abigaïl sera payée. Vous n'y serez plus le bienvenu.

Manchester cacha sa tête entre ses épaules, soudain honteux, mais approuva.

— Elwin, ma plume, je vous prie.

Fasciné, Elwin obéit et tendit une écritoire, une plume et un encrier à son frère, qui rédigea d'une main leste le compte rendu de la promesse de Manchester, qu'il signa sans rechigner. M. Manchester sortit, avec ses deux mille livres en poche, et disparut, comme l'ombre qu'il était devenu. Trevor songea avec amertume que sa fille aurait été terriblement embarrassée et affligée face à un tel spectacle. Puis il se reprit. Tout ce qu'il souhaitait à Abigaïl désormais, c'était d'être en paix. Au son de la porte qui se refermait derrière lui, Trevor soupira et perdit de sa superbe. C'était terminé et il était éreinté.

— De quelle dette parliez-vous ? le questionna Elwin, perplexe. Pourquoi avoir cédé à cet homme ? Vous le détestez !

— J'ai égaré un présent que m'avait offert Abigaïl, à la rivière. Je suppose qu'il l'a rejointe. C'est une façon de me faire pardonner… Quant à son père… c'est vrai. Toutefois, ne pas lui être secourable aurait été accepter de devenir aussi veule que lui. C'est une erreur que je ne commettrai plus.

Elwin cilla, incapable de suivre totalement le raisonnement de Trevor. Ce dernier saisit une feuille vierge et commença une nouvelle lettre. Il lui était désormais impossible de continuer à spéculer sur les bonnes ou mauvaises actions d'autrui puisque cela impliquait qu'il en commettait lui-même, sans le savoir. Il refusait de faire le malheur d'inconnus par ricochet.

— Si vous n'avez rien de prévu aujourd'hui, j'apprécierais un peu d'aide, commença Trevor.

— Naturellement ! s'empressa de répondre Elwin en s'asseyant près de son frère. Que dois-je faire ?

— Sonnez Chambers. Dites-lui que je vais avoir besoin de mon petit carnet. Il contient les derniers débiteurs qui me doivent encore de l'argent, ou un service.

Elwin prit un air totalement perdu. Trevor comptait-il recouvrir d'autres dettes pour pallier le manque à gagner après la visite de M. Manchester ?

— Qui plus est, je crois qu'il serait aussi bon d'informer officiellement les autorités des manœuvres de M. Whaley. Il ne doit plus pouvoir atteindre Haddon Hall, ni aucun d'entre nous.

Là-dessus, Elwin ne pouvait qu'être d'accord. Sans attendre, il s'exécuta donc. Le regard que Trevor avait pris cette fois, cette nuance implacable, il ne la connaissait que trop bien. C'était celle qu'il avait arborée en quittant Haddon Hall, douze ans plus tôt ; celle qu'il utilisait quand il faisait face à leur père ; celle qui avait fait sa réputation d'homme impitoyable partout où il allait et avait même atteint la France. Quoi que son frère ait décidé, sa volonté serait inébranlable et le couperet tomberait net sur Whaley. Elwin s'en frotta les mains d'avance. Juste au moment de sortir, Trevor le retint :

— Et si ce n'est pas trop vous demander, retardez votre retour en France. Je vais avoir besoin d'aide pour finir de reprendre les rênes de la maison, pour assurer un avenir à Annabeth.

Elwin retint son souffle. Les doigts sur le chambranle de la porte, il regarda son frère, le cœur soudain gonflé d'amour. Le silence s'éternisa entre eux, sans qu'aucun des deux n'ose parler. Un petit sourire finit par fleurir sur les lèvres de Trevor, se communiquant à celles d'Elwin. Ce dernier opina, ému. Il avait compris. Trevor restait. Elwin était incapable de dire qui de Trevor ou de Haddon Hall avait sauvé l'autre.

Chapitre 13

Le cœur de Haddon Hall

Enfin, Trevor se pencha sur la dernière missive qu'il souhaitait faire partir ; il ne sentait que la douleur qui irradiait dans son dos et dans ses doigts au terme de ces longues heures d'écriture. Cependant, celle-ci était bien trop importante pour qu'il laisse cette souffrance ridicule l'arrêter. Tout autant que la fatigue dont il était perclus. Il s'appliqua à en tracer chaque lettre, déversant dans l'encre les sentiments qu'il sentait déborder de son cœur. Lorsqu'il la replia patiemment, avant de la glisser dans son gilet, il tâcha de museler son impatience et d'adoucir ses espérances.

Trevor balaya la pièce du regard. Le plateau de son repas et de ses diverses collations traînait non loin. Elwin, qui s'était endormi des heures auparavant, dodelinait de la tête sur le sofa, près du feu. Un calme inhabituel régnait dans Haddon Hall, comme si toute la maisonnée retenait son souffle.

C'était certainement le cas, si l'on songeait que même Chambers s'était contenté d'apporter à son maître de quoi se sustenter, sans oser prononcer un mot. Trevor avait surpris ses yeux inquiets, tandis qu'il grattait le papier avec fièvre. Il se doutait aussi que la double portion de dessert sur son plateau n'était pas apparue par hasard. Chambers avait lu sa fatigue sans peine, et passé le mot à sa chère et tendre. Trevor se surprit à envier une telle complicité, qui semblait être née naturellement et sincèrement. Après avoir remis une bûche dans l'âtre, et remonté la couverture dans laquelle Elwin ronflait, il sortit du petit salon d'un pas décidé.

Depuis plusieurs heures, la musique s'était tue à l'étage, lui laissant présager que les leçons étaient terminées. Ou que Mlle Forester avait épuisé son répertoire. Trevor n'hésita pas un instant : arrivé en haut de l'escalier, il bifurqua à gauche, en direction de la bibliothèque. La demoiselle était lovée dans un fauteuil, ses jambes repliées sous elle. Absorbée dans sa lecture, elle ne l'entendit pas entrer. Trevor en profita pour l'admirer. Ses cheveux châtains bouclaient autour de son visage concentré. Ses lèvres, à peine entrouvertes, laissaient passer son souffle léger. Ses yeux pleins d'éclat couraient sur les pages à une vitesse folle. Il ignorait ce qu'elle lisait, mais cela semblait nécessiter toute son attention. Le regard de Trevor glissa sur son cou gracile, s'arrêtant sur le creux au-dessus de la clavicule. Là, il pourrait déposer un baiser et la sentir frissonner, il en était certain. Conscient du tour que prenaient ses pensées, il se reprit et s'avança lentement vers Lenore. Les tapis au sol amortirent ses pas, mais pas suffisamment pour ne pas attirer l'attention de la jeune femme. Elle leva les yeux de son roman, surprise. Dès qu'elle se rendit compte de l'identité de son visiteur, elle se leva, manquant de renverser l'ouvrage. Elle lissa sa robe en vitesse, visiblement gênée qu'il l'ait découverte dans une position autre que celle que l'étiquette recommandait : les jambes au sol, le dos droit.

— Lord Ashmore ! s'exclama-t-elle. Que puis-je faire pour vous ? Annabeth est dans ses appartements, si vous la cherchez. Mais je peux…

Trevor leva une main pour interrompre son babillage paniqué.

— En réalité, c'est vous que je souhaitais voir, répondit-il tranquillement.

Aussitôt, la posture de Lenore changea. Elle redressa les épaules et le fixa avec une attention accrue. Trevor se demanda s'il avait l'air aussi terrifiant. Il ricana, connaissant la réponse. Bien entendu. Ne lui avait-il pas dit, quelques mois plus tôt, qu'il la désirait ? Ne s'étaient-ils pas, plusieurs fois, embrassés ? La méfiance de la gouvernante était on ne peut plus naturelle. Et judicieuse. Avec un pincement au cœur, Trevor reconnut qu'il avait tout fait de travers. L'air de biche de la jeune femme, prête à détaler, lui en disait assez sur l'impact qu'avait eu son comportement. Elle le pensait toujours dépravé. Il se retint de justesse de poser une main sur la lettre qu'il gardait au chaud contre sa peau. À la place, Trevor inspira et s'approcha d'elle doucement, s'arrêtant à une distance respectable, mais toutefois assez proche pour pouvoir saisir ses mains.

Quand il les prit en coupe dans les siennes, Lenore le laissa faire. Elle se maudit une fois de plus de sa faiblesse. Elle connaissait parfaitement son traître de cœur, et si son corps était tendu comme un arc, prêt à s'enfuir pour tenter de sauver encore quelque chose d'elle-même, cet organe furieux, lui, essayait de la retenir. Trevor Ashmore avait l'air épuisé, et pourtant elle ne se souvenait pas de lui avoir jamais vu un air aussi serein, ni une démarche aussi calme. Elle plongea dans son regard bleu, curieuse. Lorsqu'elle le vit mettre un genou à terre, elle écarquilla les yeux, retenant difficilement un hoquet de stupeur.

— Je sais que je vous effraie… mais ne croyez pas que j'aurai encore une fois l'audace de vous proposer une nuit de plaisir, mademoiselle Forester. Vous méritez tellement mieux. Tellement plus. À commencer par mes remerciements.

— Vous me les avez déjà présentés, monsieur…, souffla Lenore d'une petite voix. Qui plus est, vous ne m'effrayez pas.

— Pourtant, vous tremblez, protesta Trevor.

— C'est que j'ai peur de moi-même, monsieur…

Sans se relever, Trevor s'approcha un peu d'elle, encouragé par ce qu'il croyait percevoir de sa réponse.

— Je vous ai remerciée pour ma sœur, il est vrai. Pas pour moi. Pas pour Haddon Hall. Je suis venu ici avec l'intention de mettre cette demeure en pièces… je n'avais pas prévu d'y trouver Annabeth. Ou vous.

— Vous comptiez punir votre père, comprit-elle.

Trevor opina et resserra doucement sa prise sur les mains de la jeune femme.

— Au lieu de cela, j'ai compris que je me punissais moi-même. Pour mes erreurs envers mon frère et ma sœur, pour n'avoir pas pu sauver Abigaïl… Et vous… vous m'avez rendu la raison. Vous m'avez rendu la vie. Vous avez rendu son cœur à Haddon Hall.

Lenore tressaillit à ces mots. Elle sentit son propre cœur se mettre à battre dangereusement. Elle déglutit, incapable de quitter Lord Ashmore des yeux.

— Je n'ai pas voulu mourir. Dans cette eau… j'ai songé à vous, à tout ce que je ne pourrais plus vous dire… À tout ce que je ne pourrais plus vivre à vos côtés. Aujourd'hui, j'ai écrit des dizaines de lettres, libérant mes débiteurs de leurs dettes. J'ai enjoint Elwin de rester avec moi, ici, pour s'occuper d'Annabeth. Et je vous y enjoins, vous, également.

Le regard de Lenore se voila brièvement. Sa main trembla plus fort et elle l'extirpa doucement de celles de l'homme qui lui faisait face. Elle sentit les larmes gagner ses yeux et se maudit d'une telle réaction, tout autant que de la déception et de l'amertume qui se nichaient à présent en elle. Plus que tout, elle se sentit stupide devant le fol espoir qui était subitement né dans son esprit. Elle avait juré de ne pas quitter la demeure, elle aurait donc dû être satisfaite de ces compliments, de cette reconnaissance. Mais, à cet instant, elle comprit combien c'était insuffisant et combien elle avait attendu d'autres mots. Plus intimes. Elle mesura ce qu'elle avait espéré lorsqu'elle avait vu Lord Ashmore à genoux devant elle. Elle s'efforça de lui répondre, malgré sa voix éraillée :

— Bien sûr, Lord Ashmore. Vous pouvez compter sur moi pour continuer à éduquer Annabeth. Je serai toujours ravie d'être sa gouvernante, ou sa dame de compagnie. Je vous remercie de cette proposition.

Trevor écarquilla les yeux, incrédule. Il y eut comme un flottement puis, soudain, il éclata de rire. Lenore fronça les sourcils tandis qu'il se laissait retomber sur ses talons, toujours à ses pieds. Il rit brièvement de lui-même. Pourquoi fallait-il qu'il ne soit éloquent que dans les reproches ?

— Pardonnez-moi, je viens de commettre une erreur de plus. Ce ne sera certainement pas la dernière… mais je compte sur votre indulgence.

— Je ne comprends pas, monsieur, répondit Lenore, l'air perdu.

Trevor sourit et attrapa un pan de sa robe couleur chamois.

— Je ne vous demande pas d'être la gouvernante d'Annabeth. Je veux que vous deveniez la maîtresse de tout ceci : de Haddon Hall. De mon cœur. Je vous aime, Lenore Forester. Épousez-moi !

Lenore ouvrit la bouche, sans pour autant parvenir à émettre un seul son. Elle essaya plusieurs fois, en vain. La panique le disputait à la joie, à l'incrédulité, à la conviction que tout cela ne pouvait pas avoir lieu.

— Une dame bien éduquée ne peut avoir l'air d'un poisson rouge, il me semble, la taquina Trevor en souriant.

Il tenait toujours sa robe entre ses doigts, et la regardait comme si elle était la huitième merveille du monde. L'émotion emporta Lenore. L'assurance qu'elle lut dans les yeux de Trevor la fit chavirer. Elle se laissa tomber à ses côtés, sur le tapis. Les sanglots noyèrent sa réponse, mais elle insista :

— Oui, oui !

Aussitôt, Trevor l'attira à lui et elle se glissa contre sa poitrine. Elle sentit qu'il respirait aussi erratiquement qu'elle. Le nez niché dans son cou, elle inspira son odeur de lavande. Avec douceur, Trevor lui fit relever la tête, chassant du pouce les quelques larmes qui avaient coulé sur ses joues. Délicatement, il s'approcha d'elle, et s'arrêta à quelques centimètres de sa bouche. Lenore sut qu'il désirait qu'elle franchisse ce maigre espace, parce qu'il voulait lui montrer qu'il l'attendait, et qu'elle était pleinement libre de le choisir. Il ne s'agissait plus de séduction, en effet. Ni du démon dont elle avait admiré le profil devant le feu de cheminée, à Noël. Elle combla ce vide avec satisfaction. Elle fondit en retrouvant le goût de ses lèvres. C'était un baiser chaud, qui la revigora. Elle laissa échapper un soupir tandis que les mains de Trevor se glissaient dans sa chevelure. Au moment où il se détacha d'elle, pour admirer l'éclat de ses yeux, le rose de ses joues, Lenore comprit qu'elle ne pouvait pas s'arrêter là. Qu'elle ne le souhaitait pas. Elle posa sa main contre le cœur de Trevor, prenant plaisir à ressentir les lourds battements contre sa paume.

— Hier, j'ai cru vous avoir perdu. J'ai cru que la rivière vous avait pris, que vous lui céderiez parce que votre amour s'y trouvait encore.

— J'ai fait la paix avec Abigaïl. Au point que la Wye m'a repris l'œil d'amoureux qu'elle m'avait offert.

Lenore haussa les sourcils, surprise.

— J'ai dû le perdre lorsque je suis tombé à l'eau et que j'ai essayé d'en sortir avec le jeune métayer. Je ne m'en suis rendu compte qu'ici, lorsque M. Manchester est arrivé. Et… j'en ai été soulagé. Ce bijou a retrouvé sa place, et moi la mienne. Je vous jure de ne jamais essayer de le chercher.

Tout en parlant, il embrassa ses joues, son cou, le délicat recoin de peau qu'il avait repéré un peu plus tôt. Lorsqu'il le mordilla tendrement, il arracha un petit cri à Lenore qui le ravit. Il sortit alors de la poche de son gilet la dernière lettre qu'il avait conservée et la lui tendit. Lenore lut l'adresse avec empressement, puis lui sourit avec émotion. C'était comme si tout un concert de carillons chantait dans son esprit, l'étourdissant de bonheur.

— Si vous me l'autorisez, notre clergyman la

recevra avant demain et les bans seront publiés. On annoncera nos épousailles dimanche pendant le service, et partout dans la région l'on saura que Mlle Forester sera prochainement Mme Ashmore, comtesse de Rutland, expliqua Trevor d'une voix rauque et solennelle.

— Faites-la partir immédiatement, lui répondit-elle en la lui rendant.

Avec un sourire éclatant, Trevor se releva, l'aidant à en faire de même. Il sonna aussitôt Chambers. Le domestique se présenta, essoufflé, et boitillant. Il avait certainement forcé sur sa jambe pour accourir au plus vite.

— Chambers, je vous prierais de faire partir cette lettre immédiatement, en express.

Le regard du majordome glissa sur l'enveloppe et s'éclaira. Il avisa la gouvernante, aux joues rosies et à l'air rayonnant. Il s'inclina profondément devant elle, avant de revenir à son maître.

— Comptez sur moi, monsieur !

La porte claqua sur les talons du domestique, plus empressé que jamais. Trevor se tourna vers Lenore. Ses cheveux de miel étaient parsemés d'éclats rougeoyants à cause du feu de cheminée. La pénombre embrassait son profil, faisant ressortir le bleu de ses yeux. Elle admira sa silhouette fine et le contraste avec la force qu'elle avait ressentie entre ses bras, contre son corps souple et ferme. Une bouffée de désir l'assaillit et une chaleur envahit son être, semblant se diriger comme une flèche vers son bas-ventre. Le tissu de sa robe lui sembla outrageusement près de son corps, en particulier de sa poitrine. Elle tendit la main vers son fiancé :

— Venez, l'implora-t-elle.

Trevor la rejoignit aussitôt, entremêlant ses doigts aux siens. Il couvrit sa bouche de la sienne, s'intimant à rester le plus sage possible. Mais, avec stupeur, il sentit la jeune femme le retenir quand il chercha à s'éloigner. Le regard embrasé qu'elle posa sur lui le fit frissonner d'anticipation. Son érection devint douloureuse, mais il s'interdit d'agir légèrement. Comprenant ce qui le tourmentait, Lenore vint à son secours :

— Vous vous êtes promis à moi. Sur ces terres que vous maudissiez, après avoir renoncé à tout ce qui faisait votre passé. Lord Ashmore est mort et ressuscité. Je veux célébrer tout cela cette nuit.

— Lenore… vous ne savez pas ce que vous dites, susurra Trevor d'une voix basse.

Lenore sourit.

— C'est la première fois que vous m'appelez par mon prénom. Et j'escompte bien que ce ne soit pas la dernière ce soir… Je vous aime et vous désire depuis des mois. J'ai cru devoir quitter Haddon Hall, mais j'en ai été incapable. Montrez-moi ce que sera notre avenir. Montrez-moi tout. Je vous fais confiance… Trevor !

Entendre un tel discours de la bouche de la jeune

femme ébranla Trevor jusqu'aux fondements de son âme. Le feu du foyer se répercuta dans ses prunelles, et Lenore en fut enchantée, reconnaissant dans son regard le désir qu'elle avait redouté à Noël. Comme elle souhaitait l'attiser à présent ! Il eut l'air d'un loup tandis qu'il s'approchait d'elle, glissant dans les ombres. Elle n'eut pas peur : cette fois, elle se savait capable de l'apprivoiser. Les mains pâles de Trevor attaquèrent les boutons de nacre de sa robe avec empressement, puis défirent ses jupons et sa brassière. Il effleura ses seins, et la chaleur de son toucher fit haleter Lenore. Elle se cambra par réflexe tandis qu'il la serrait contre lui. Elle vit l'éclat de ses dents avant qu'elles ne glissent sur sa peau enfiévrée. La langue de Trevor s'aventura contre son mamelon gauche, à travers la chemise. Lenore se frotta contre lui, pantelante. Elle lui arracha un grognement et réussit à le faire se hâter. La chemise tomba, rapidement rejointe par les vêtements de Trevor. D'un geste sûr, il la hissa sur la grande banquette de la bibliothèque et embrassa chaque centimètre carré de sa peau. Il glissa doucement ses doigts en elle, en lui murmurant des mots tendres. Il aurait pu simplement la regarder pendant des heures : observer son visage sans fard se vouer à la passion, découvrir des sensations nouvelles. Lorsque Lenore se mordit les lèvres, Trevor crut qu'il ne pourrait pas se retenir de jouir. Il s'écarta d'elle et la contempla dans toute sa splendeur, nimbée de la lueur des flammes.

— Vous avez quelque chose de divinement diabolique, ainsi, ma douce…, murmura-t-il.

Lenore le regarda, amusée :

— C'est ce que j'ai pensé de vous, le soir de Noël, avoua-t-elle. C'est donc que nous nous sommes bien trouvés !

Trevor la rejoignit sur la banquette, notant l'instant précis où elle comprit comment cela allait se passer et à quel point cela l'impressionna. Il embrassa son épaule.

— Je vous promets que je préférerais me jeter à nouveau dans la Wye plutôt que de vous faire mal, ou de vous décevoir !

L'air inquiet de Lenore disparut aussitôt. Elle entoura son cou de ses bras.

— Alors, aimez-moi…

Trevor s'exécuta. Il se lova en elle le plus doucement possible, s'immobilisant dès qu'il perçut que la situation était inconfortable. Lorsqu'il sentit le sexe de Lenore l'enserrer si intimement, il l'embrassa, pour lui faire oublier le reste. Puis, il commença à bouger, l'entraînant avec lui dans une danse effrénée. Il sentit qu'elle s'agrippait à lui, griffant sa peau fine sous les assauts du plaisir. Quand elle poussa davantage ses hanches vers lui, avec un cri intense, il s'autorisa à se libérer en elle. Leurs corps se crispèrent et fusionnèrent complètement, s'épousant avant l'heure. Qu'importe, leurs âmes l'avaient fait depuis bien longtemps déjà.

Épilogue

À la fin du printemps, l'église de Haddon Hall avait quelque chose de féerique. La pierre moussue tendait les bras à une assemblée joyeuse. Les rubans roses et blancs, attachés aux linteaux et aux branches couvertes de boutons de fleurs, claquaient dans la brise. Face à l'autel, Trevor et Lenore se buvaient du regard, et la jeune femme n'avait aucun mal à lire les promesses dans les yeux de son futur époux. Un mélange de fierté, de tendresse, d'amour ainsi que de désir tournoyait dans les prunelles bleues du lord. Lenore eut un petit sourire en coin. Que dirait l'assemblée s'ils savaient que la veille encore ils s'étaient honorés jusqu'à plus soif ? Trevor haussa un sourcil complice, parfaitement conscient de l'ironie de leur situation. Près de lui, Victoria lui donna un petit coup de coude, le rappelant à l'ordre. Trevor gloussa. Apparemment, il était devenu un véritable livre ouvert. Avec toute la dignité possible compte tenu de la situation, la comtesse Wellington rejoignit

Lenore. Chambers se rapprocha alors de son maître. Les témoins étant en place, le pasteur commença la cérémonie. Annabeth et Elwin se tenaient derrière les mariés, ainsi que Mme Miranda. Cette dernière pleurait déjà à chaudes larmes, tout en serrant son propre annulaire où brillait un anneau doré. Une fois que les mots consacrés furent tous énoncés, Trevor déposa un chaste baiser sur les lèvres de Lenore. Annabeth bondit devant eux, parsemant le parvis de pétales, en riant à gorge déployée. Les mariés s'approchèrent de la table sur laquelle un repas gargantuesque avait été dressé. Avant d'entamer les festivités, Trevor emporta Lenore sous les rubans et la fit valser. L'assemblée applaudit à s'en rompre les doigts, couvrant leurs murmures amoureux. Ils furent bientôt rejoints par une musique tonitruante qui fit trembler tout Haddon Hall. Les métayers, en procession, arrivèrent au domaine, porteurs de présents et de joie. Cette vision arracha un cri de surprise à Lenore.

— Est-ce de votre fait, mon amour ? interrogea-t-elle Trevor.

— Pas du tout…, avoua-t-il, tout aussi éberlué, quoique très heureux d'une telle manifestation.

Avec curiosité, il vit un homme s'approcher de lui et le reconnut aussitôt : le métayer qu'il avait sauvé de la rivière Wye. Celui-ci s'inclina profondément devant lui :

— Tout le monde voulait vous présenter ses

vœux, monsieur, et vous dire combien nous sommes heureux pour vous. Et reconnaissants.

— Je vous remercie, répondit Trevor avec un trémolo dans la voix.

— On pense tous que depuis que vous êtes revenu les choses s'passent pour le mieux ici. On a su que M. Whaley avait été arrêté. On est bien contents !

Trevor sourit en lui tendant la main. Après une brève hésitation, le métayer la saisit et ils échangèrent une poignée de main ferme.

— Haddon Hall aura de beaux jours devant lui, grâce à nous tous ! promit Trevor.

La foule l'acclama tandis que, d'un geste, Mme Miranda invitait tout le monde à venir boire à la santé des mariés. Trevor resta un peu en retrait, saisissant la main de Lenore. Du coin de l'œil, il vit Chambers faire se hâter les traînards, pour les laisser en tête à tête.

Le vent siffla au-dessus de leurs têtes, apportant le parfum des bois renaissants, de la mousse gorgée d'eau. Trevor inspira à pleins poumons.

— L'air même semble avoir changé. Vous êtes certainement responsable de ce miracle, ma chère, décréta-t-il en regardant Lenore.

Elle déposa un baiser sur sa joue, serrant ses doigts entre les siens.

— Peut-être est-ce plutôt un cadeau de ceux qui n'ont pu être présents aujourd'hui.

Avec émotion, le couple songea à Cassandra et

Abigaïl. Ainsi qu'à Alicia Ashmore. Dieu qu'elle aurait aimé Lenore. Trevor en était plus que convaincu.

Le soleil passa par-dessus les créneaux du château, teintant la demeure d'un magnifique orangé. Les rires et les chants bruissèrent jusqu'à leurs oreilles. Les pas des danseurs évoquèrent à Lenore l'écho d'un cœur battant à tout rompre. Son mari avait raison, quelque chose avait changé dans la maisonnée.

— La vie reprend ses droits, nota Lenore.

— Il nous reste du travail pour terminer les rénovations et faire de Haddon Hall un concurrent sérieux du vignoble d'Elwin ! plaisanta Trevor.

Bien que la coutume exige plutôt l'inverse, le château du Doubs avait constitué un cadeau de mariage de la part de Trevor pour son frère. Elwin avait manqué défaillir, mais Trevor était certain de son choix. Belvoir ne pourrait jamais être en de meilleures mains. Elwin aurait l'occasion de le leur montrer d'ici quelques jours, lorsque tout le monde le suivrait en France pour quelques mois. Trevor et Lenore y passeraient leur lune de miel, et Annabeth verrait enfin ces terres familiales éloignées. La saison battrait son plein à Londres, mais les Ashmore n'en avaient cure, Annabeth étant encore bien trop jeune pour songer à de tels arrangements.

Son présent pour Lenore avait été une visite sur la tombe de Lord Manners. Lenore s'était tenue debout avec lui, et s'était recueillie en silence. Elle ignorait tout de ce que Trevor avait pu dire à son père, mais le fait qu'il se présente à lui avant leur mariage avait été un signe encourageant de la guérison de son cœur. Il était encore loin le moment où Trevor pourrait se qualifier de « Lord Manners », mais elle estimait que rien ne les obligeait à se presser.

Lenore sentit un frémissement la parcourir. Elle n'avait jamais quitté le Derbyshire et l'idée de traverser le pays aux côtés de Trevor la remplissait d'impatience.

— Nous nous en occuperons à notre retour. Peut-être, alors, pourrons-nous songer à commencer par la nursery ? hasarda Lenore en rougissant.

Trevor glissa un bras autour de sa taille, dans une attitude séductrice.

— Je ne ménagerai pas mes efforts, je vous le promets !

Dans un éclat de rire, Lenore et Trevor se joignirent à l'assemblée. Leur avenir n'était que beaux jours et promesses d'amour radieuses.